こころの旅

須賀敦子

ハルキ文庫

JN210287

角川春樹事務所

須賀敦子

1991年頃
毎日新聞社提供

こころの旅◉目次

II

III

「私にとってのすばらしい歳月、それは、
旅あるいは野営や前哨地《ぜんしょうち》ですごした日々であった」

マルグリット・ユルスナール
『ハドリアヌス帝の回想』

プロローグ

きっちり足に合った靴さえあれば、じぶんはどこまでも歩いていけるはずだ。そう心のどこかで思いつづけ、完璧な靴に出会わなかった不幸をかこちながら、私はこれまで生きてきたような気がする。行きたいところ、行くべきところぜんぶにじぶんが行っていないのは、あるいは行くのをあきらめたのは、すべて、じぶんの足にぴったりな靴をもたなかったせいなのだ、と。

下駄がいけなかったのだろうか。子供のころ、通り雨に濡《ぬ》れたり、水たまりの泥がはねたりすると、足にハの字形の赤い模様がついてしまった、また、石ころにつっかけては鼻緒を切ったり歯が欠けたりした小さな塗り下駄のせいで、じぶんの足は、完璧な靴に包まれる資格をうしなってしまったのだろうか。

あまり私がよくころぶので、おとなたちは、初物《はつもの》のソラマメみたいな、右と左がはっきりしない、浅くてぺたんこのゴム靴を買ってくれたこともあった。これならもう、子ネコに狙われた毛糸の玉みたいに、やたらころころところばなくなるだろう。

だが、おとなたちの思惑は外れた。水色のゴム靴には木綿の裏地がついているのだが、それが歩いているうちにすこしずつ剝《は》がれて、足の下でくるくると巻いてしまったから、彼らが後ろから歩いてくる子供のことをふと思い出してふりかえると、私はとうのむかしに脱いでしまった靴を、片方ずつ両手にぶらさげて歩いていた。靴底がごろごろするくらいなら、はだしのほうがよかった。

五歳ぐらいのときの、よそいきの服を着て撮った写真がある。どういう機会だったのか写真館で写したもので、軽いふわふわしたオーガンジの夏服を着ている。たよりなさそうに壁に寄りそって、からだを斜めにむけた恰好《かっこう》で写っているのだが、どうして写真屋さんが注意しなかったのだろうか。ほとんど悲しげな目つきで、そばにいるだれかに、写真を撮られるなんて、どうすればいいの、と救《たす》けをもとめているようにもみえる。黒いエナメルの、横でパチンと留める靴。すこし大きめだから、白いソックスをはいた片足をせつなそうにねじまげている。いつも大きめの靴をはかされた。すぐ小さくなるから、といって。

フランスの田舎《いなか》で育った友人が、むかし、こんな話をしてくれた。夏の日にパリから訪ねて行ったヴォージュの山あいの村の彼の生家で、私たちは、青い実をいっぱいにつけた大きなリンゴの木が一列に植わった裏庭で、花壇のふちの石にこしかけ、食事ができるのを待ちながらしゃべっていた。

リンゴが熟すと、おばあさんが籠《かご》にもいで、ひとつずつ、ていねいに地下室の棚にならべた。積み重ねると、下のが傷むからねえ。ぼくたちが、おなかをすかせて地下室にリンゴを取りに行くと、いつもおばあさんが、うしろからどなった。くさったのから、食べるんだよ。おばあさんがケチだったせいで、ぼくは子供のとき、リンゴというといつもくさったのしか食べなかったような気がするよ。

おばあさんのケチが遺伝したのかもしれない。友人のあいだで、その男はケチで通っていた。

一サイズ、大きめのを買いましょう。おとなたちがそう決めるので、私の靴も、くさったリンゴのようにいつもぶかぶかで、ぴったりのサイズになるころには、かかとの部分がぺちゃんこにつぶれたり、つま先の革がこすれて白くなっていたりした。

六歳になってミッション・スクールの一年生にあがると、デパートの店員が学校に来て、通学靴のほかに、上靴というのを誂《あつら》えさせられた。通学靴はこれといってめずらしいものではなかったが、上靴はやわらかい黒の革製で、横でボタンをぱちんと留める型だった。スナップ式のまるいボタンで、裏側の金具がすぐにつぶれて、バカになってしまう。だらんと横ひもをぶらつかせていたり、足をずるずるひきずって歩いていたりすると、シスターに呼ばれて叱《しか》られた。なんですか、そんなだらしない恰好して。

上靴の不便なことはそれだけではなかった。土曜日にはこれを家に持って帰って、ぴかぴかに磨いてこなければならない。クローク・ルームと呼んでいた玄関わきのだだっぴろい部屋に、受持ちの先生が待ちうけていて、みんながちゃんと上靴を靴袋に入れて家に持って帰るかどうか見張っていたから、それを学校に忘れて帰ることはなかったのだけれど、私はいつも、月曜日に持って行くのを忘れた。そういうことをちゃんと覚えているのが苦手なのだ。

月曜日に上靴を忘れるものだから、と二十年あとになってから、五、六年も上級生だった人にいわれたことがある。生徒数の極端にすくない学校だったから、だれか目立つ子がいると、みんなが覚えていた。月曜日っていうと、あんたは赤い鼻緒の大きなゾウリをはかされて、学校の廊下をぺたぺた歩いてたよ。二度と上靴を忘れてこないようにと、外国人のシスターたちが考え出したにちがいない、女の子にとってはずいぶんきつい罰則と思えるのに、私はいっこう気にかけることもなく、また月曜日がくると、ペタペタと音をさせながら歩いていたという。

そのシスターたちが、なんともすばらしい靴をはいているのに私が気づいたのは、何歳ぐらいのときだったか。細身の黒い革靴で、五センチほどのヒールのついた、紐《ひも》で結ぶ型の、平凡そのものでありながら、あれこそが靴だ、というような、本質的でどこか高貴さのただようその靴に私はあこがれた。それをはいて、彼女たちは、背をまっすぐのばし、黒い紗《しゃ》のヴェールをすっすっと風になびかせて歩いた。かかとがたてる硬い音が、顔がうつるくらいにワックスで磨きあげられた木あるいは模造大理石の床をつたって、こつこつと遠くからひびいた。ダンスのレッスンや、ゲームのルールを説明するとき、彼女たちがそっと片手で長い修道服のすそを持ちあげると、漆黒の靴下をつけた細い足首をきっちり包んだ靴が、スカートの下で黒曜石の光を放っていて、私はいきなり西洋を見てしまった気持になった。あの靴が一生はけるなら、結婚なんてしないで、シスターになってもいい。そう思うほど、私は彼女たちの靴にあこがれ、こころを惹《ひ》かれた。

私を夢中にした靴をはいていた人間は、家にもいた。それは父の末弟にあたる、私とはたった八歳しか離れていない叔父《おじ》だった。当然、私たちはおなじ屋根の下で暮らしていたわけだが、旧制中学に通っていた彼は、毎朝、玄関の上がり框《かまち》に腰かけて、前日の夜、ながい時間をかけてぴかぴかに磨きあげた黒光りのする編み上げ靴をはいた。スニーカーみたいに途中までは左右の穴に通したままになっている紐を、最後の五センチぐらいは右の手に二本そろえて持ち、ひょいひょいと、二列に並んだ小さな丸い留め金に掛けていく。大きくなったら……うらやましさのあまり息がつまりそうになりながら、私は思った。大きくなったら、じぶんもあんな靴をはこう。はいて、この人みたいに、こわがらないで、どこにでもひとりで行こう。

父が靴を大事にしていることに気づいたのは、もうすこしあとのことではなかったか。彼の靴は、ほとんどみな、おなじ型に造られていた。銀座の靴屋で誂えていたらしいのだが、イギリスふうの、針でぷつぷつ刺したような模様のある、先端の細い、大きいわりには軽い靴で、母にいいつけられて私や妹が磨こうとすると、すっぽり肘のところまで手が入った。車に乗ることが多いのか、私たちの靴みたいに、泥や土くれがついていることはまずなくて、いつもきれいだった。それでも、布でさっとこするだけにしておくと、父は出《で》しなに玄関に立って母に小言《こごと》をいっている。そして、父が出かけたあと、こんどは母が私たちを呼んで叱った。おまえたち、また手ぬきしたわね。パパはすぐにわかるんだから。

戦争で、靴が店になくなって（ぜんぶ、兵隊さんがはくからだ、とおとなたちは説明した）、最初は上海《シャンハイ》にいた母の兄から送ってもらったこともあったが、やがてそのルートもだめになり、あるとき、徴用で町内会につとめていた叔母《おば》がサメの皮の靴というのを手に入れてくれた。はくと足がふわりと上がってしまうほど軽い、紐で結ぶ、いちおうは黒い靴だったが、雨が降った日にはいて学校にいくと、ノリがはがれたのだったか、形もなにもぐしゃぐしゃにつぶれてしまった。サメだから、水に出会ったとたん、溶けちゃった、とふざけると、そんなことといって、でも、戦争だからしかたないわ、と叔母はつらそうな顔をした。雨の日ぐらい、下駄で学校に行かせてもらえないものかしらね。叔母の意見を学校につたえると、返事はやっぱり、戦争なんですから、だった。空襲で逃げるとき下駄はあぶない、というのが理由らしかったが、だんだん靴が手にはいらなくなるのは、戦争に負けるより心細い気がした。とうとう私は下駄で学校に行った。シスターたちが磨きあげたぴかぴかの人造大理石の廊下を、がたがたと下駄を鳴らして歩くと、なにか弱いものをやっつけたような、野蛮な気持になった。ある日、廊下の曲り角で、むこうのほうからじっと私の足もとを見つめているシスターの目に気づいた。学校に下駄をはいていくのは、それでやめた。

戦争の終った年は、春から空襲が毎晩つづいたので、いつ逃げても大丈夫なようにずっと靴をはいたままで寝た。靴にノミが入りこんで、足がかゆくて目がさめることがあった。でも、ノミのほうが、火事の中をはだしで逃げるよりは、ましに思えた。

戦後三年目に、私が旧制の専門学校を出て女子大に入った年、父が靴を買ってくれた。銀座の裏通りを、上京した父とふたりで歩いていて見つけたのだった。なんの変哲もない、光沢のある黒い革の、紐で結ぶ式、てらいのない中ヒールで、オーストラリア製ということだった。試しにはいてみると、くるぶしの下がきゅっと締まって気持がよかった。この靴があれば、どこまでも歩いていける、そう思うと顔がほてった。いつになったら、日本人にこういう靴が造れるようになるかなあ。そういいながら、父はその靴を包ませてくれた。その晩、私は関西にいる母に電話をかけた。パパに靴を買ってもらったの。

その靴は、しかし、それをはいて外出する機会のないまま、私の目のまえから姿を消してしまった。ある日、授業のあと、空襲で焼けてまだ仮普請《かりぶしん》だった寄宿舎の部屋に戻ると、靴を入れた箱ごと、戸棚から消えていたのだった。あらゆるところを探したが、どろぼうがもっていったのか、だれかが冗談半分に隠したのを私が騒いだのでいまさら出せなくなったのか、数週間たっても靴はとうとう出てこなかった。いたずらだったのか、どろぼうが入ったのか、そんなことの詮議は私にとって、もともとどっちでもよかった。靴が失《な》くなったからというよりは、靴に、じぶんのほうが見はなされたみたいな気がして、そのことがなさけなかった。へんなふうに靴が戸棚から消えた記憶だけが、小さな傷になって私のなかに残った。

やがて、冬休みになって、私は、母と神戸の街を歩いていた。ショーウィンドウに、きれいな赤いサンダルが飾られていた。真紅といっていい赤で、そんな色の革をそれまで見たことがなかった。吸いこまれるように立ち止まった私を見て、母がせきたてた。なに見てるのよ、はやく行きましょう。あの赤い靴。私がいった。おねがい、あの靴の値段、たずねてもいい？ あきれ顔で母がこたえた。あんな赤い靴なんて、いったい、なに考えてるの？ どんどん先に行ってしまう母のあとから、私は歩き出したが、それでもあの靴が欲しかった。ママ。もういちど私は声をかけた。見るだけだから、待って。いいながら、私は赤い靴が飾られたウィンドウに戻った。

しばらくのあいだ、私は母といっしょに街で見た赤い靴が忘れられなかった。昼間は気がまぎれているのだけれど、夜、寝床に入ると、ウィンドウの赤い靴が目に浮かんだ。考えてみると私は母に、あれを買って、となにかをねだったことがほとんどなかった。そのうえ、ほんとうをいうと、赤い靴をはいたじぶんなんて、それ以前には想像したこともなかった。それでも、あの赤い靴だけは、ほしかった。じぶんに似合うからとか、歩きやすそうだとか、そういうのではなかった。ただ、むしょうに、それをじぶんのものにしたかっただけだ。もしかしたら、モイラ・シアラーが主演した映画の「赤い靴」をそのころに見たのだったろうか。それとも、波止場から遠い国に行ってしまった女の子のことを、もう考えはじめていたのだろうか。

I

芦屋のころ

昭和十年、私が小学校に入った年に阪急沿線の夙川《しゅくがわ》に越すまで、そのころ打出《うちで》の翠ヶ丘《みどりがおか》といわれた芦屋《あしや》のはずれで育った。大きな土蔵のある、庭のひろい家だった。家のまえがテニスコートで、春になると、そのまわりがタンポポで黄色くなった。テニスコートのとなりは空き地で、子どもはテニスコートに入れてもらえなかったから、私と妹はいつも、その空き地から、境界線の金網につかまって、テニスをしているおとなたちを見ていた。ヒシ形に編んだ金網に、手とゴムの運動靴の先っちょをつっこんでしっかりつかまっていると、サビで手が真っ赤になることがあった。タンポポは、足もとに積んであった白い砂のふちにも、いちめんに咲いていた。

私の生まれるまえに祖父がなくなって、それまで住んでいた大阪の家から、ここに移ってきたのだった。でも、祖父がなくなったから大阪を離れたのか、父が結婚することになったから郊外の家に越したのか、とうとう訊《き》かないうちに、祖母も父も母もなくなってしまった。

翠ヶ丘の家の二階からは海が見えた。あるとき、母の学校時代の友達が小さい男の子をつれて、遊びにきた。その子が、丸刈りの頭をずうっと伸ばすようにして、二階の客間の廊下の手すりから海を見ていたのを、はっきりおぼえている。祖母がやかましかったから、そして母は祖母に気がねばかりしていたから、友人が来てもあまり愉《たの》しそうではなかった。なにか、ひそひそ話していたような、秘密めいた記憶がある。母の友人はそれきり来なかった。ずっとあとになって、私が大学生のころ、母が父とうまくいかなくなったときに、母は、おばあちゃんがうるさかったから、私は好きな友達と遊ぶこともできなかった、と言ったことがある。そのとき、私は、あの丸刈りの男の子をつれた母の友人のことを思い出した。

父が長男だったので、私たちは、若い叔母《おば》や叔父《おじ》たちといっしょに住んでいた。叔母が二人、叔父が三人、そして祖母、両親で、私には年子《としご》の妹と五つちがいの弟がいたから、大所帯だった。弟が生まれたとき、私と妹は百日咳《ひゃくにちぜき》にかかっていた。赤ん坊にうつるといけないというので、「省線」（現在のJR）の芦屋駅近くの、鉄道線路に沿った小さな家を借りて、そこに隔離されていた。母は来られなかったから、叔母たちがお手伝いと代わる代わるに泊まってくれた。夜、家のまえを汽笛をならして汽車が通ると、むしょうに家が恋しくなった。歩いて帰れる距離なのに、どうして家と汽車の音が結びついたのか、わからない。病気がだんだんよくなってから、ある日、翠ヶ丘の家に帰って、弟を見せてもらった。私が妹と庭の敷石のうえに立っていると、二階のガラス戸があいて、母が廊下の手すりから、白い産着《うぶぎ》にくるまれた赤ん坊を見せてくれた。母はおかしそうに笑っていた。母がひとりで赤ん坊とあそんでいるような気がした。私たちは庭から弟を見ただけで、また線路わきの借家に連れて帰られた。

西の離れが叔父たちの勉強部屋になっていて、そこの出窓のそとには、高いアオギリがしげっていた。どうしてか、夏のことだけ思い出すのだけれど、夕陽《ゆうひ》が照るとその部屋いちめんがオレンジ色になった。西の部屋に子どもは行ってはいけないことになっていた。でも、午後の時間には、叔父たちはどこかに行っていて、いなかったから、私は出窓に腰かけて、足をぶらぶらさせながら、たたみにアオギリの葉のかげが揺れるのを見ていた。そのころ、ギンギンギラギラ夕日がしずむ、という歌があって、その歌と西の部屋の夕日が重なった。歌を教えてくれたのは、大きいほうの叔母だった。

早い夕食のあと、叔父や叔母たちが散歩につれていってくれることがあった。ゆかたを着て、下駄をはいて、いま考えると、ずいぶん遠くまで歩いていった。阪急電車の線路のすぐそばの、叔父たちがどういうわけかブイブイ池と呼んでいた用水池まで行ったり、その近くの、砂漠とみなが呼んでいた、粘土質の、草も木も生えていない野原まで行ったりした。そこまで行くと、遠くに夙川の教会の塔が見えた。あたりがとっぷり暮れても、教会の塔だけがまだ夕陽をうけて、白く光っていることがあった。

ギンギンギラギラの歌を教えてくれた叔母は戦争中に結核でなくなり、祖母も両親もなくなって、母が二階から見せてくれた弟まで、先年、逝《い》ってしまった。十年ほどまえだったか、翠ヶ丘の家がまだそのまま残っていると、だれかから聞いた。

旅のむこう

まだ春ともいえない二月の末の白茶けた景色のなかを、阿蘇《あそ》の高原にむけて汽車はゆっくりと勾配《こうばい》を登っていた。線路に沿って、さっきから見えかくれする細い道が、たぶん、山系を横断する古い街道にちがいない。枯れ草とおなじ色の犬が一匹、ぴんと耳を立てて列車が通りすぎるのを眺めている小さな踏切があったり、深い峡谷の鉄橋を渡ったりしたあと、長いトンネルを出たところに、その駅はあった。人影のないプラットフォームにぱらぱらと乗客が降りて短い停車時間が終ると、列車は軋《きし》みながら動きだしたが、駅の周辺の街並のざわめきをくぐりぬけるのでもなく、またすぐトンネルにはいったので、昼さがりの線路に覆いかぶさるようにして揺れていた竹林の緑だけが、目の奥に染みついた。気のせいか、京都あたりで見かける、人々に飼い慣らされた竹にくらべて、先史的とでもいいたいような、どこか生き物じみた緑だった。

「いま通った町が、母たちのほんとうの故郷なのよ」

故郷、ということばに繋《つな》げるにはあまりにも平凡な、どこにでもあるような駅だったが、窓側の席にすわった夫にそうささやくと、彼はだまってうなずいた。

「母の両親は、明治になってこの町から大阪に出てきたのよ。母たちは大阪で生まれたから、ここには、いちども来たことはないのだけれど」

豊後《ぶんご》竹田《たけた》。私も妹も、夢のなかで聴いた音楽のように、ぼんやりとこの地名を耳底《じてい》にとどめて大きくなった。ひびきだけは、なつかしさに満ちているのに、だれも、母でさえ、その町に行ったことがないものだから、なんの映像もともなわない、正真正銘、まぼろしの故郷なのだった。

微禄《びろく》だったけど、竹田の殿さんのおさむらいだったのよ、ママのうちは。

それは、商家に嫁いで、なにもかも見当ちがいでとまどいつづけ、しゅうとめや、自分をかまってくれない夫への不満を、面とむかっては一言もいえない気弱な母が、二階の六畳間に来て私たち姉妹にだけ打ち明けるとき、まるで魔法のことばを口にのぼせて窮地を逃れる女の子みたいに繰り返すフレーズだった。これだけはだれも奪うことができない、というように。

北イタリアの小さな都市で十一月に式をあげた翌年の二月、夫とつれだって帰国すると、たった三ヶ月まえには、勘当するとまでいって私たちの結婚に反対した父が、夫の顔を見たとたんに安心したのか、なにもかもけろりと忘れたような歓待ぶりで、そればかりか、せっかく日本に来たのだからといって、宿の手配から切符の世話まで、万端《ばんたん》、準備をととのえて送り出してくれたのが、この九州旅行だった。

別府《べっぷ》、と私たちの意見もたずねないで決めてしまった行き先を聞いて、私は父の顔を見た。がむしゃらに母と母の兄たちを説きふせて結婚した父が、天にも登る心地《ここち》で選んだ新婚旅行の目的地が、やはり別府だったからだ。黒っぽいコートを長めに着て、手袋をはめようとしている、耳かくしに結った母のスナップ・ショットがある。背景は山で、あ、私の写真なんて、というような羞《は》じらいとほのかな媚《こ》びのまざった笑いを口もとに浮かべた表情がういういしい。古いアルバムを繰っていて、それに行きあたると、私たちはいつもおなじことを言った。ママ、きれい。すると、母は、ちょっとなつかしそうに目をつぶって笑う。

「いやあね、新婚旅行のときの写真よ。パパが撮ったのよ、別府で」

船で瀬戸内海をわたって、別府で一泊。そのあとは豊肥《ほうひ》線で阿蘇を抜け、熊本経由でフェリーに乗って、長崎まで行ってこい。父の口調はまるで命令だったが、反論しようにも、具体的にここがどうといえるほど九州にも旅の手順にもあかるくなかった。飛行機で行くより、すこしでも日本の風景が見られる汽車で行きたいとたのんだほかは、なにもかも父のいうとおりをそのまま受け入れた旅程だったが、地図を片手に説明する父に、私はひとつだけ、たしかめた。豊肥線なら、豊後竹田は通りますね。

列車は、まだ春の気配のない阿蘇の丘陵を迂回《うかい》してのろのろと登りつづけた。帰ったら母に告げよう。ママの故郷には竹が繁《しげ》ってたよ。トンネルとトンネルのあいだに駅があって。それだけだったよ。

わたしの故郷だなんて……、行ったこともないのに。母はそう言いながらも、うれしそうに笑うだろう。どうせ山のなかの、ケシ粒みたいな城下町でしょうよ。でも、竹林だけしかなかったなんて、おまえもひどいこと言うわねえ。

たった数分、いやもしかしたら数秒のうちに目のまえをすぎていった竹林は、暗いトンネルの壁にさえぎられると、たちまち若い母の記憶につながって揺れざわめき、となりの席で、からだを乗り出して窓外の景色に目をこらす夫が、一瞬、ひどく遠い人に思えた。

だれにも守ってもらえない婚家での苦労を一時《いっとき》でも忘れようとして、母は、つらい分だけ、まるで編み棒の先からついとすべり落ちた編目を拾うように、あるいはやがて自分自身をとじこめることになる繭《まゆ》のために糸を吐きつづける蚕のように、いまは透明になった時間の思い出を子供たちに話して、自分もそれに浸った。思い出をたどるときだけ、母は元気だったので、私たちは、母の思い出にそだてられた。

ほんの幼いころ、母は三度、悲しい思いをした。まず、四十になったばかりの父親をなくした。母は小学校の一年生で、先生に呼ばれて家に帰ると、お父さんはもう死んで、ふとんに寝かされていた。悲しかったわ。母はそう言った。小吏《しょうり》とはいえ、読み書きに堪能だった武家あがりは、それなりの尊敬をはらわれ、珍重もされていたのだろう。どこかの学校に講演をたのまれて行き、その席上、脳《のう》溢血《いっけつ》で倒れてそのままになったのだった。

父親の死と、天皇の死が、母のあたまのなかで奇妙に混ざりあっていた。明治天皇の死は一九一二年で、母は一九〇三年生まれだから当時はもう九歳になっているはずなのに、まるで六歳のとき父親をなくしたときとおなじ幼さのまま、黒い紋服《もんぷく》に袴《はかま》をつけて学校に行ったように、そのときのことを話した。

「おばあちゃんが夜どおしかかって縫ってくれた黒の紋つきを着て学校に行ったのよ」母は言った。

「悲しかったわ。あんたたち昭和生まれの子には、あの悲しみはわからないわよ。お父さんが死んだのに、天皇様までおかくれになって。学校でみんな泣いたのよ」

大阪の商家の伝統に生きる父方の祖母からは、天皇の死について、なにも聞いたことがなかった。

明治天皇の死は三番目の悲しみで、そのまえに、もうひとつ、胸がはりさけそうだった、と彼女がくりかえした大きな悲しみがあった。それまで住んでいた川っぷち（大阪の、どの川だったのだろう）の官舎を出て、父がいつか母と口論したときに子供たちのまえで「場末《ばすえ》」と呼んだ、遠い町の狭い家に越したからである。そのまえに、ながいこと家にいたスヱという名の女中が、いとまをとって、ぽんぽん蒸気に乗って行ってしまった。

「ママの家はお父さんが死んで、貧乏になったから、スヱはいられなくなったのよ」

母は言った。

「ちぎれるように手をふって、スヱは泣いてた。悲しくて、わたしも、姉さんたちも、おいおい泣いたわ」

まるで、自分が泣いているのを、どこからか見ていたように、そのときの話をした。おそらくは、あとになって、姉たちや母親に聞いたことをとりまぜて、脚色を加えたのだろう。

九人きょうだいの末から二番目の母には、兄が四人、姉が三人、そして妹がひとりあった。思い出話のなかに出てくる伯父《おじ》たちとはつきあいがほとんどなかったから、私も妹も、会ったことがない分だけあこがれた。武士の子らしい、むずかしい漢字の個性的な名をもった伯父たちの周辺には、帝国大学の銀時計や、陸上の全日本選手権など、私たちの日常を不吉に脅かしていたいつも不機嫌な父からは嗅《か》ぎとることのできない、目のさめるような「手柄話《てがらばなし》」がいくつもまつわりついていて、耳にしたこともない彼らの豪快な笑い声が、私たちの空想をかきたてた。

四人の伯父たちのうち三人は大学にすすんで月給取りになったが、小兄《こにい》さんと母が呼んで慕っていた次兄だけが、親の反対を押し切って画家になった。自分もかつては親にさからった道を選んだからなのか、あるいは画家という職業のせいなのか、それとも、「学校出」の兄たちよりも世間に出てからの苦労が多かったからか、母の結婚をいちばんかばってくれたのはこの伯父さんだったようだ。

兄たちのなかではだれよりも慕っているのに、小兄さんはふざけんぼうで、冗談ばかりいっているからあてにならない、とも母は言った。そう言っておきながら、「冗談のわかる人間」を、「冗談ひとついえない人間」ときびしく区別して、冗談がわからないほうの人種を母はひそかに軽蔑していた。そして、つまらない種族の代表が、夫の家の人たちだった。

どうして、ここの家の人たちは冗談をいわないのかしら。結婚したころ、わた

し は、毎日がつまらなくて、どうしていいかわからなかったわ。そう母は言って嘆いた。母にとって、冗談は、おいしいものを食べるのとおなじぐらい、大切なのだった。そういえば、母の兄弟たちは、ひとりのこらず食いしんぼうで、季節ごとに祖母が漬けこむ野菜の話や、九州の人ならだれでも好きだというメンタイコの話や、家がケガレルからと祖母がいやがるので、兄さんたちが庭で煮たというイノシシ料理の話などをすると、母の声は高くはずんだ。話してしまってから、母は、しまったというように首をすくめて、おばあちゃんには、こんな話をしてはだめよ、と、食べ物の話をきらう姑《しゅうとめ》に私たちがしゃべるのを警戒して、注意した。

小兄さんが、冗談好きの筆頭なら、母のきょうだいが大兄さんと呼んでいた長兄は、権力の筆頭だった。母とは二十ちかく年齢がへだたっていたこの人は、父親の死後、大学の工学部をすっぱり中退して紡績会社に就職し、幼かった母たちが結婚するまでずっと面倒をみてくれたことから、母も母の妹も、いっしょに暮らしていた祖母も、この伯父にはまったくあたまが上がらなかった。

大学中退ではあったけれど、明治のことでもあり、才能もあったから、会社では大事にされていたらしく、工場付きとはいっても、つぎつぎと、かなり責任のある地位についた。その大兄さんが遅い結婚をしてまもないころ、それまでいた岐阜《ぎふ》の工場から、中国山東省《さんとうしょう》の青島《チンタオ》に転勤になった。まだ家にいた母は、家事手伝いという名目だったのだろう、大兄さん夫婦について青島に行くことになり、一年近くをその都市ですごしたが、そのときに見聞きしたことが、母のなかに、しっかりと「外国」の実感をうえつけた。

私や妹にとっても、青島の話は、もっとも身近な「外国」についての消息で、日本語にはない「チンタオ」というふしぎな音とともに、私たちの世界を異国情緒で侵蝕《しんしょく》したのだが、母にとっての「外国」は、まずなによりもロマンチックな場所なのだった。初夏の日、夕方になると、ぼうっとした桃色の花をひらくネムノキの並木道の話を、母はむかし見た絵をなぞるようにして、私たちに話してくれた。

「ネムノキの下を歩いていて風が吹くと、こまかい、羽毛みたいな葉が、さらさら揺れるのよ。その葉は、手でさわると、たちまちつぼんでしまうの。そして、日が暮れるころに、ピンクの花が、煙ったようにふわっと咲くのよ」

ネム、という暗示的なひびきが、夏の夕方や、煙ったみたいに咲くピンクの花のイメージに重なった。その花が咲く時間になると、葉蔭《はかげ》の街灯に長い竿《さお》をもった点灯夫が、ガス灯を点《つ》けにやってきた。

「竿の先をするするとのばして、灯口《ひぐち》につけると、ぼっと小さな音がしてガスの火がつくのよ」

母がそう言うと、たよりないガスの炎と淡色に咲くネムの花が、私たちのあたまのなかで、ゆらゆらと揺れた。

「ママ」と私たちはたずねた。「青島って、外国なの？」

私たちが、外国、というのは、もちろん、西洋のことだった。

「そうね、シナだけど、まあ、外国よね」

母の答えはあやふやだった。植民地、という言葉をはじめて聞いたのも、青島に関連して母の話のなかでだったが、「えらい国」が、たくさん植民地を持っている、そんなふうにこの言葉が使われる時代だった。日本は欧州大戦で負けたドイツから、青島をそっくりもらいうけて、「えらい国」の仲間入りをした、という具合に。

「青島はシナだけれど、青島人はふつう山東語というのを話すのよ」母は言った。長兄の伯父からの請け売りにちがいなかったが、母にいわせると、青島では、高い教養のある人たちだけが、北京語《ペキン》を話して、ふつうのまずしい人たちは、「きたない」山東語しかできなかった。

「北京語は、フランス語のつぎぐらいに、うつくしい言葉なんですって」

そう母が言うのを聞いて、私がびっくりしたのは、父の弟たちの愛読書で私がそれで字を覚えた『のらくろ』や「少年倶楽部《クラブ》」には、シナの言葉は滑稽《こっけい》で、ろくなものでないというふうにだけ書いてあったからなのだが、母は、もっとびっくりするようなことを言った。シナ語、とくに北京語は日本語よりもうつくしい、というのである。フランス語も日本語よりきれいなの？　と私がたずねると、もちろん、と自信ありげだった。「どこの言葉がいちばんうつくしいか」など、私はそれまで考えてみたこともなかったのだが、「なんでも世界一」というふうにそのころ教えこまれていた日本の私たちが話している言葉より、もっとうつくしいものが世界にあると聞いて、いったいこれはどうしたことかと、衝撃をうけたが、まず、言葉がうつくしい、というのが、どんなことなのか、私には意味がわからなかった。

「大きくなったら、フランス語をならおうかな」

私がそう言うと、すぐになんでも熱中してしまう私を、母は心もとなさそうに見すえて言った。

「なにも、フランス語でなくたっていいのよ。北京語もすてきなんだから、どっちか勉強するといいわ」

大きくなって、フランス語や北京語をしゃべりながら、ガス灯のともった青島のネムノキの並木道を、スリットのある衿《えり》の高い絹の服を着て歩いている。そんな自分を想像すると、私は自分がお話のなかの人間のような気がしてうれしかった。

母を青島に連れていってくれた大兄さんは、動物ずきで、青島ではヤンという北欧じみた名のドイツ・シェパードを飼っていた。

「利口なヤツで、夜なんて、ひとりでドアの把手《とって》に手をかけて、用を足しに出て行くのよ」と、母はその犬のうわさをした。ヤンはたしかに利口だったが、こまったくせがあった。

「ドアを開けることは知っていても、そこがケモノの浅ましさ、閉めようとは思わないから、すうすう風が入ってくると、ああ、アイツだなってすぐわかったのよ」

母は、犬にかぎらず、自分が過去にかわいがった、あるいは現在かわいがっている動物のことを、まるで、ちょっと下等な家族の一員といった調子で、ヤツ、とか、アイツ、とか、ふつう女の人が用いない言葉を、あるいとおしさをこめて使った。だが、この「ちょっと下等な」連中は、「家族の一員」ではあっても、ちゃんと教育しないと、とんでもないことになる油断ならない相手、というニュアンスがつねにこめられていて、私たちが動物をネコっかわいがりすると、きびしく叱《しか》った。

岐阜にいたころ、大兄さんはウグイスを飼っていて、籠《かご》にまんべんなく陽《ひ》があたるようにと、お昼休みには工場から帰ってきて、籠の位置を変えた。「それに、大兄さんが出かけたあと、おばあちゃんと私とで、ウグイスの擂《す》り餌《え》をつくらされるのよ」

犬はいいけど、あの無表情な小鳥どもの世話をさせられるのには閉口したわ、と母はいった。摺り餌の準備も、毎日、水浴びをさせたり、籠の底に敷いた新聞紙をとりかえたりするのもかなり面倒だったが、なによりも、小鳥は犬とちがって表情がないから、というのがその理由だった。没個性、とでもいうのだろうか、表情に乏しいものはすべて、動物も人間も、母に認めてもらえなかった。戦争中、庭先に小屋をつくって飼っていたニワトリも、私が神戸のいとこにたのみこんでもらってきたベルギー種のグレイのウサギも、さらに、西洋種の犬にくらべると日本犬も、表情に乏しいから、というだけの理由で母はいやがった。私が和服を着るのをあまり好かなかったのも、おなじような理由だった。あなたらしい表情がなくなって。母は言った。あんまり、きちんと似合ってしまうのが私はいやなのよ。本人でなくても、いいような気がしてしまうのよ。

私がだれかに写真をとってもらうとき、そばにいると、かならずといってよいほど、こう注意した。

「笑わないで、ちゃんとお口をしめて」

それは、にこにこして相手に迎合したり、「女らしさ」によりかかろうとする私より、まじめな表情をした私のほうが、私らしいという考えに通じていたようで、私はながいこと、あの気弱でひっこみ思案の母が、そんなふうに世間いっぱんとは違ったものの考え方を大事にしているのを、理解できないでいた。放送局につとめていたとき、同僚が私の知らないまに写した、一心不乱、という感じで本に読みふけっている写真を送ってくれたことがあった。男の子みたいなショート・カットの髪で、頬《ほお》づえなどついている、ナマイキふうの自分がはずかしくて、私はながいこと、それを机の引出しに入れてだれにも見せなかった。あるとき、母がぐうぜん、それを見つけて言った。

「これがいちばん、あなたらしくて、ママは好き」

戦争のあと、私が専門学校に行き、それでは足りなくて、大学だ、大学院だと、家によりつかなくなると、おまえはどんどん私から遠ざかる、と言って母は悲しんだ。

父との関係もしだいに捩《ねじ》れてしまって、私が大学を出るころ、母は病気勝ちで、床につくことが多くなった。おじょうさんが、カトリックになられたのだから、奥様も、と言って、教会の伝道婦さんが、母のところに現れるようになった。ベレーをななめにかぶって、サッサッと勢いよく歩いてくる訳知り顔の伝道婦さんを、母は、まじめな人ねえ、と言って最初からあまり信用しない様子だった。

「洗礼をうけたら、悩みがなくなるなんて、私にはとても信じられない」

母はそう言って、その人が家に来ると、めいわくそうな顔をした。

あるとき、天使の存在を信じなければ、洗礼はうけられない、と伝道婦さんが母に言った。

「お母さまは、それでは仕方ありませんねえっておっしゃったのよ。それが皮肉でもなんでもなくて、ほんとうに残念そうだったものだから、私は思わず笑ってしまいました」

ずっとあとになってから、その伝道婦さんが私にそんな打ち明け話をした。

「わたしはそんな不思議なものをとても信じられませんから、どうぞお帰りくださいって。ほかの人にああいわれたら、腹がたつけれど、お母さまには、なにも言えないで、その日は帰ってしまったんです」

伝道婦さんの話はどうも信じられない、と言いながらも、母はやがて洗礼をうけた。洗礼をうけることによって、遠くに行ってしまった娘との距離を、すこしでも埋めようとしたのだろうか。それとも、単に伝道婦さんに根負けしたのだったか。母は、およそ母らしくないフランスの聖女の名を洗礼名にもらって、日曜日には、教会に行くようになったが、その後もときどき、ねえ、おまえたち、ほんとうに神さまのことを信じてるの、などとたずねて、私たちをあわてさせた。

「なにも信じないよりはましだって、そう思って、わたしは洗礼をうけることにしたんだから」

そんなふうにも、母は自分の信仰について話したが、おとなになってから入信した人によく見られる、こわばった表情や、甲高い声、それに、なにがなんでもわが信仰は、といった傍若無人《ぼうじゃくぶじん》な態度とはずっと無縁なままの母を見て私は安心した。

「終点にだれもいないより、神さまがいたほうがいいような気もするわ」

そう言われてみると、結局はそういうことかと胸にひびくものがあって、やわらかな母の信仰がうらやましかった。

ヨーロッパに行きたい、フランスで文学の勉強をしたい、とある晩、いっしょに風呂《ふろ》にはいっていた母に告げたとき、いやなことを聞いた、というように、湯船のなかから、ちらりと私の顔を見た。そのあと、からだを洗いながらも、母はずっとだまったままで、やがてさっさとお湯につかると、パパに聞いてごらんなさい、とだけ言って、タオルをしぼって、出ていってしまった。反対もなにもしないのが、かえって拍子ぬけして、私は湯船のなかでぼんやりしていた。

難関と思っていた父のほうが私のフランス行きに思いがけなく賛成してくれて、台風が過ぎたばかりの七月の朝、私は神戸港から欧州航路の船に乗った。そのころ父と母は、どうにか形だけは夫婦らしくやっていたけれど、気持は離れたままで、とくに母にとっては、平然とふたつの家を往《ゆ》き来する父はうとましくて、その鬱屈《うつくつ》した思いが、母の健康をむしばんでいた。

二年後にパリから私が帰国したとき、父は家が明るくなったと言ってよろこび、毎日、会社から帰ってくると、私にヨーロッパの話をさせては、それを自分が行ったころと比べて、そうか、なにもかも戦争で変ったのだな、と溜息《ためいき》をついたり、そうだろう、ヨーロッパはそんなところなんだ、と大声であいづちを打ったりした。まるで一人前のように父と話ができるのはうれしかったし、留学中の耐乏生活のあとでもあり、私は両親の家での生活がむしょうに愉《たの》しくて、のほほんと遊びほうけていた。

ひと月ほど経《た》ったとき、私は母に呼ばれた。二階の六畳間に行くと、たんすのまえにすわった母は私にもすわりなさいと言ってから、低い声でたずねた。

「フランスまで行ったのは、おまえ、どういうことだったの?」

「どういうことって、そうねえ」

いつになく鋭い母の矛先を私はありきたりの冗談でかわそうとしたが、母は笑わないでつづけた。

「このところ、自分の生き方をサボってるみたいなおまえを見ていると、わたしはなさけなくなるわ」母は言った。「そんなために、おまえをフランスまで行かせたのではない気がするのよ」

そして母はとどめを刺すように、こうつけくわえた。

「一日も早く、東京に行くなりなんなりして、自分の考えていたような仕事を見つけてちょうだい」

とてもかなわない、というのが、あのとき私が母にむかって抱いたほとんど畏《い》怖《ふ》に近い気持にぴったりかも知れない。留学というひと仕事をやってのけたと、どこかでひとりよがりに自負し、一瞬、油断していたのが、いきなり母に言いあてられて、しまった、と思うと、すっと身がひきしまった。ずっと、父より母のほうが弱虫だと思いこんでいた私にとって、母のこんな気丈さはまったく意外だった。

父は、私が就職することに反対だったが、どうしても仕事をしたいのならと言って、そのまえに家族そろって旅行をしようと提案した。そろって、とはいっても、妹は私がフランスにいるあいだに結婚していたし、弟は友人たちと旅行する約束があって、結局、私だけが両親と行くことになったが、なにやらちぐはぐな組合せだった。いつものように父がさっさと旅程を組んで、私たちはそれに従うだけだったのだが、それによると、車で飛騨《ひだ》高山《たかやま》まで行き、そこから上高地を経て、もういちど中仙道《なかせんどう》経由で帰阪《きはん》するというのだった。

母は、もちろん、行きしぶった。まず、そんなに遠いところまで旅行するのは、考えただけでも気が滅入《めい》る、と言う。いまさら仲のいい夫婦のまねごとをしたって、なんていうことはないでしょう。

もともと出嫌いな母は、父とのことがあってから、極端に外出をいやがるようになっていた。それに、パパと行くと、どうせ自分のことしか考えない人だから、ちっとも休まらないに決まっている、そう母は言って、父の計画に反対した。足の弱いわたしを、山に連れて行こうなんて。

車を川本に運転させて行くから、おまえにはぜったい、歩かせない、と父は宣言した。それがまた、母の気にさわった。父がそのころ使っていたメルセデス・ベンツが、母は大きらいだった。

「あの車に乗ると、ドイツ人の家にいるみたいで、疲れるの」

母はいつもそう言った。そして、タクシーでも、妹たちの雨漏りのするトライアンフでも平気なのに、父のメルセデス・ベンツに乗ると、母はほんとうに気分がわるくなった。

「貧乏性だな」と父が言うと、母は、「どうせ、あなたとは違いますよ」とつっぱった。

「日本人とドイツ人の座高の違いからくる、からだの重心の問題だ」

父はむずかしいことを言って、母のすわる席の足もとに詰め物をさせて、そこだけ床を高くした。

「これで、酔わないはずだ。もし、それでも酔うのなら、車がわるいのでなくて、

そう言うと、母は発車時刻表の下の人混《ひとご》みのなかで、世にも心細そうな顔をし

「ママ、ここで待ってて。すぐに戻ってくるから」

岐阜で高山本線に乗り換えるとき、プラットフォームがわからなかった。時間はたっぷりあったので、私が駅員にたずねてくることにした。

どうなだめても、母はメルセデス・ベンツで旅行するぐらいなら、家でお留守番する、と言いはった。いたたまれない気持で、私が妥協案を出した。ママと私は高山まで汽車で行く。高山から上高地までだけ、車にすればいい。母はやっと折れた。

母はやっぱり酔った。ほんとうは、メルセデス・ベンツのせいじゃない、そう私は睨《にら》んでいた。私がフランスに行くまえ、父が三年も京都の愛人のところから大阪の会社に通っていたあいだ、運転手の川本さんが毎日のように送り迎えをしていたことを、母はおなじ会社にいる叔父《おじ》から聞いていて、そのことが我慢できないのだった。わたしのまえでは、なにも知らないふりをしていて、と母は川本さんをうらんでいた。

おまえが欠陥商品なんだ」

た。そして、たったの二、三分後、その場所にもどってくると、きものを着て両手を胸のまえに組んだ母は、まるで小学一年生みたいな顔をして、私を見つめた。

高山本線は、そのころまだ電化されていなくて、古びた車体のかたい木の座席の窓側に、私と母は向いあってすわった。私たちの乗った列車がぐうぜんそうだったのか、あのころのローカル線がみなそうだったのかはわからないが、トンネルに入っても、電灯がつかなかった。おまけに、どこかの窓が開いているらしく、煤煙《ばいえん》がひどくて、トンネルではハンカチを口にあてて、息をつめなければならなかった。高山に近づくにつれて、トンネルばかりになった。それも、長いのではなくて、入ったと思ったら、またすぐに出る、といった短いトンネルで、そのたびに、白い煙がわっと客車にたちこめた。

トンネルを出るたびに、母の顔が目のまえにあって、いっしょうけんめいこっちを見て、笑っている。声をかけようと思ううちに、汽車はまたトンネルにはいって、母の顔は消える。煙がひどいから、声も出せない。わっと思っていると、またトンネルを出る。小さな白いハンカチを口にあてた母のおかしそうに笑っている顔が、煙のなかから出てくる。そして、また、消える。

「煙のなかから出てくるたびに、おまえの顔がすこしずつ、まえよりすすけているの。おかしかったわ」

母はずっとあとまで、この旅行を思い出しては声をたてて笑った。

「おまえがふたつのときに、東京へ連れていったときから、ふたりだけで旅行したのは、あれがはじめてだったわね」

結婚して夫と帰国したとき、羽田まで弟と迎えに来てくれた母は、夫が握手しないで、ただ笑って会釈《えしゃく》しただけだったのをよろこんで、そっと私に打ち明けた。外国の人だから、握手されたらどうしようって、こないだから心配してたのよ。気をつかってくれてうれしかったわ。

三週間の滞在はあっという間に終って、あしたは出発という日の夜、横文字の苦手な母のためにいつもしたように、ミラノの家の住所を書いた封筒を一束、居間に持っていくと、母はその宛名をじっと見つめながら、言った。

「ミラノなんて、おまえは、遠いところにばかり、ひとりで行ってしまう」

となり町の山車《だし》のように

教室であの子はいつも気を散らしています。

母が学校の先生に会いに行くと、いつもそういわれて帰ってきた。どうして、わたしちゃんと先生のいうことを聞いてられないの？　母はなさけなさそうに、わたしを叱《しか》った。

聞いてないわけじゃないのよ。わたしにも言い分はあった。聞いてると、そこからいっぱい考えがわいてきて、先生のいってることがわからなくなるの。

そういうのを、脱線っていうのよ。お願いだから、脱線しないで。

脱線しないようにしよう。わたしは無駄な決心をした。

つめたい空気のなかを汽車は走っていた。遠い雪の斜面に黒く凍りついたような家が一軒見えたり、鉄橋の枕木《まくらぎ》のあいだから覗《のぞ》いている川の水面に細かい波がちぢれていたり、黄色い電灯の光に照らされた駅舎がさっとうしろに流れたりした。通いなれた沿線であるはずなのに、いったいそれがどのあたりだったか、記憶をたぐりよせようにも、すべてが闇《やみ》に沈み澱《よど》んだようになって思い出せない。夜行列車に乗るようになったのは、戦争が終わった十六歳の秋、家族をはなれて東京で学生生活を送るようになってからだから、それはたぶん一九四七、八年の頃だったろう。それでもまだ、特急とか急行とかというのではなく鈍行の夜行列車で、堅い座席で寒さに目がさめるたびに、ああ、あと何時間ぐらいすれば東京に着くのだろうと、窓の外を過ぎてゆく電柱を、一本、一本、数えたりした。一千本になったら、東京。他愛《たわい》ない事を自分にいいきかせては、また眠りに落ちる。

ぐっすり眠っていて、ふと目がさめると列車はまったく見おぼえのない、山を背にした小さな駅にとまっていた。停車はしていても、あたりに駅員がいるわけでも、アナウンスが聞こえるわけでもなくて、なにもかもが眠りこけた風景のなかで、近くに滝でもあるのか、高いところから水の落ちる音だけが暗いなかにひびいていた。

どれぐらい停車していたのだろう。やがて、かん高い汽笛が前方にひびいて、列車ぜんたいにながいしゃっくりに似た軋《きし》みが伝わると、ゆっくり動き出した。黒い瓦屋根《かわらやね》の駅舎のゆがんだような板壁が遠のいていく。列車が速度をはやめるにつれて、線路わきの電柱の飛ぶ速度がせわしくなる。そのとき、まったく唐突《とうとつ》に、ひとつの考えがまるで季節はずれの雪のように降ってきてわたしの意識をゆさぶった。

《この列車は、ひとつひとつの駅でひろわれるのを待っている「時間」を、いわば集金人のようにひとつひとつ集めながら走っているのだ。列車が「時間」にしたがって走っているのではなくて。

ひろわれた「時間」は、列車のおかげではじめてひとつのつながった流れになる。いっぽう、列車にひろいそこなわれた「時間」は、あちこちの駅で孤立して朝を迎え、そのまま、摘まれないキノコみたいにくさってしまう。

列車がこの仕事をするのは、夜だけだ。夜になると、「時間」はつめたい流れ星のように空から降ってきて、駅で列車に連れ去られるのを待っている》

一連のとりとめないセンテンスがつぎつぎにあたまに浮かんでは消えていった。

もう旅が退屈ではなかった。暖房のきかない列車も気にならなかった。

その夜、雪のなかの小さな駅舎の板壁に目をこらしていたわたしのところに、暗い雪片《せっぺん》のように空から降ってきた考えの束は、日本の復興がすすむにつれて、夜行列車に乗るようなことがだんだんと少なくなっても、あのころの旅の記憶といっしょにふつふつとわたしのなかに生きつづけた。

何年か過ぎて、わたしはパリにいた。大学の夏休みがはじまったばかりのある夕方、わたしはリヨン駅からローマ行きの夜行列車に乗りこんだ。一年まえ、日本からの船がジェノワの港に着いたとき、道ばたでたえず耳に飛びこんできたイタリア語が、あの町を覆っていた嘘《うそ》のように透明な空の記憶と重なって忘れられなかったし、凍った北国の都会に自分を合わせられなくて、太陽がオレンジの色に燦《きらめ》く国に帰りたかった。いつかその国のことばを、自分のものにしてしまいたかった。

しばらくお別れだからと夕食をともにした友人に送られてローマ行きの列車の三等のコンパートメントに入ると、予約席の番号をもういちど確かめて、わたしは窓際の隅の席に荷物をおいた。車掌がばたんばたんと大きな音をたてて入り口のドアを閉める音が聞こえても、コンパートメントに相客《あいきゃく》らしい人物は乗ってこなくて、わたしはひとりで旅ができることにほっとしていた。

十二時間、ひょっとするともっと長い旅になるはずだったから、ひとりのほうがよかった。若い女がひとりでコンパートメントにいることが、ひどくぶっそうだとはまだ人々が考えない時代だった。列車が動き出してから、わたしはなんとなく、東京にいて休暇で関西の家に帰るときのようなはしゃいだ気分になっている自分に気づいた。戦争のあとの日本では、東京と大阪を旅するのにちょうどおなじくらいの時間がかかった。暖房のない東海道の列車は寒かったけれど、おなじ地方から街からおなじ東京の学校に行っている、同学年の仲間たちといっしょだった。親たちが持たせてくれた、そのころは手に入れにくかったナツミカンの皮をむいて、すっぱいと悲鳴をあげたり、あまい、とだれかがいうと、その人の房をみなで分けて、笑いあったりした。ローマを目ざしてひたすら南に向かって走る列車はしんとしていた。

夜半《やはん》にとなりの客室から、男たちの声が聞こえた。宵口に見た彼らの日焼けした顔や粗末な身なりから、休暇で故郷に帰るイタリアの労働者たちと知れた。それまで静かだったのは、みんな旅の支度にくたびれて眠っていたのだろう。列車の震動につれて揺られながら、内容もわからないまま彼らの話し声に耳を傾けていると、ぶっきらぼうなパリのことばに慣れた耳には、彼らの言葉はわたしが生まれそだった関西の人たちのアクセントそっくりなように聞こえた。イタリアに行きたいなんていって。わたしは思った。ほんとうは日本に、家に帰りたいんじゃないか。となりでは、歌がはじまっていた。

六月の終りというのに、アルプスを越える列車の客室にはうっすらと暖房が入っていた。窓のそとはただ暗いだけで、平野を走っているのか丘陵地なのかさえも見当がつかないまま、一本、また一本とうしろに飛んで行く電柱だけが、この世で自分の位置をはかるたったひとつの手がかりのように思えた。そのとき、もういちど、あの遠いころの列車の夜の記憶がもどった。

《夜、駅ごとに待っている「時間」の断片を、夜行列車はたんねんに拾い集めてはそれらをひとつにつなぎあわせる》

脱線、という言葉があたまに浮かんで、母はどうしているだろうと思った。自分はほんとうに脱線が好きなんだろうか。それから、こう思った。わたしのは、脱線というのとはすこしちがう。線路に沿って走らないと、思考と思考はつながらない。それくらいなら、わたしにだってわかる。つなげることがまず大切なのだということぐらいは。でも、どれがいったい線路なのか。

「時間」、とあのころ言葉の意味を深く考えることもなしに呼んでいたものが「記憶」と変換可能かもしれないとまでは、まだ考えついていなかった。思考、あるいは五官が感じていたことを、「線路に沿って」ひとまとめの文章につくりあげるまでには、地道な手習いが必要なことも、暗闇をいくつも通りぬけ、記憶の原石を絶望的なほどくりかえし磨きあげることで、燦々《さんさん》と光を放つものに仕立てあげなければならないことも、まだわからないで、わたしはあせってばかりいた。

ジュネーヴ、というアナウンスが聞こえたように思った。駅の名を知らせるアナウンスというよりは、なにかに驚いて人が発する短くてするどい叫びのようだった。ずっしりと重たい窓を両手でもち上げてプラットフォームをのぞいてみたが、柱のあいだから弱々しい朝の光が斜めに射《さ》しているだけで、駅はほとんど無人に見えた。三つの国の言葉が話される国だ、そう思って、私はがらんとした朝の駅を見渡していた。

《「時間」が駅で待っていて、夜行列車はそれを集めてひとつにつなげるために、駅から駅へ旅をつづけている》

もともと、ひとつのまずしいイメージから滲《にじ》み出たにすぎない言葉の束なのに、それは、たとえば成人のまなざしをそなえて生まれてきた赤ん坊のように、ごく最初からしっかりした実在をもってわたしのところにやって来たものだから、私はマヌケなメンドリのように両手でその言葉の束だけを大切に不器用に抱えて、あたためながら歩きつづけた。

「線路に沿ってつなげる」という縦糸はそれ自体、ものがたる人間にとって不可欠だ。だが同時に、それだけでは、いい物語は成立しない。いろいろ異質な要素を、となり町の山車《だし》のようにそのなかに招きいれて物語を人間化しなければならない。ヒトを引合いにもってこなくてはならない。脱線というのではなくて、縦糸の論理を、具体性、あるいは人間の世界という横糸につなげることが大切なのだ。たいていの人が、ごく若いとき理解してしまうそんなことを私がわかるようになったのは、老い、と人々が呼ぶ年齢に到《いた》ってからだった。みなが店をばたばた閉めはじめる夜の街を、息せききって走りまわっている自分を想像することがある。

そんなとき、あの山間《やまあい》の小さな駅の暗さと、ジュネーヴ！　という、短い、鋭い叫びが記憶の底でうずく。

街

コルシア・デイ・セルヴィ書店。イタリア人にとってさえ、ひどく長ったらしいこの名は、じつをいうと、店のあった通りの古い名称である。「セルヴィ修道院まえの大通り」というほどの意味で、十九世紀の文豪、アレッサンドロ・マンゾーニの歴史小説『いいなづけ』にも出ている。そのことに気づいた仲間の知恵者、たぶんカミッロかガッティが、これをそっくりもらって書店の名にしたのだった。『いいなづけ』は、ダンテの『神曲』とともに、イタリアでは中学校でも高校でも、端から端まで、うらおもて、たてよこ、ななめに読まされる本だから、たいていの人がかなりうんざりしているのだけれど、十二章、パン屋略奪のくだり、というと、だれもが、へえ、あそこにそんな名が出てたっけ、とか、あ、そういえば、とか、いろいろな反応を示した（ちなみに、私のもっているヌオヴァ・イタリア版の『いいなづけ』は、なんどもそこを読んだものだから、本を手に持つと、しぜんにその箇所がひらくほどである）。「コルシア・デイ・セルヴィとよばれる通りに、昔からあるパン屋」と、マンゾーニは書いている。

この通りは、ミラノの都心ではもっとも繁華な道筋のひとつで、大聖堂の後陣にあたる部分から、すこし曲って東北にのびている。十九世紀後半に達成されたイタリア統一を記念して、『いいなづけ』に出てきたコルシア・デイ・セルヴィという街路名は棄《す》てられ、当時の国王だったヴィットリオ・エマヌエーレ二世の名で呼ばれることになって以来、現在にいたるまでその名で親しまれている。私たちの書店は、その通りのなかほどにある、セルヴィ修道院、いまのサン・カルロ教会の、いわば軒をかりたかたちで、ひっそりと店をかまえていた。

この都心の小さな本屋と、やがて結婚して住むことになったムジェッロ街六番の家を軸にして、私のミラノは、狭く、やや長く、臆病《おくびょう》に広がっていった。パイの一切れみたいなこの小さな空間を、あっちへ行ったり、こっちへ行ったり、自分のミラノはそれだけしかなかったような気もするし、つきあっていた友人たちの家までが、だいたい、この区画にかぎられていたようにも思える。たまに、このパイの部分から外に出ると、空気までが薄いように感じられて、そそくさと、帰ってきたような。経済的に余裕がなかったせいなのだろうか。好奇心が足りなかったのだろうか。

いずれにせよ、私のミラノには、まず、書店があって、それから街があった。その街の中心は、まぎれもなく、あの地上に置きわすれられた白いユリの花束をおもわせる、華麗《かれい》な大聖堂だった。ふつう、上へ上へとのびていくゴシックの垂直線が、どういうものかこの建築には欠落していて、ある友人は、「立っているのにくたびれて、すわりこんでしまったゴシック」とこの大聖堂を形容して私を笑わせた。きらびやかではあるが、パリやシャルトルの大聖堂にみられる精神性からは、ほど遠い、饒舌《じょうぜつ》なゴシック。

さきに触れた『いいなづけ』の、一八四〇年版と呼ばれる本には、マンゾーニ自身が依頼したゴニンという画家が描いた挿絵がついている。例のパン屋略奪のくだりのすぐあと、主人公のレンツォは、暴徒のあいだをくぐりぬけて、やっとの思いで大聖堂にたどりつくのだが、その挿絵にある教会が、今日、あの都心の広場を威圧してそびえる大聖堂とおなじものだと、すぐにわかる人はあまりないだろう。じっさい、ゴニンの描いた大聖堂はまるで雰囲気がちがっていて、どこか遠い田舎町《いなかまち》のひなびた教会堂にさえみえる。とはいっても、ゴニンの絵が現実ばなれしているのではない。中世後期に着工されたこの大聖堂は、最初、ごく質素なものだったのが、十八、九世紀にかけて、バロックじみた仰々《ぎょうぎょう》しい正面の装飾をつけられたり、尖塔《せんとう》がやたらに増やされたりして、いまの姿になったからなのである。これらの改造によって、六百年前にこの大聖堂の建立《こんりゅう》を思いたった人々が心に描いたものとは、今日、かなり異質になってしまったのは明白だ。でも、大切なのは、たぶん、そういうことではなくて、仰々しくても、こけおどしでも、やはり大聖堂がミラノ人にとって、ひとつの象徴的なモニュメント、心の支えでありつづけている事実だろう。

ある年の初夏の朝、私はサン・ジュリアーノ・ミラネーゼという、ミラノ市から南に二〇キロほど行ったところにある（現在では発展途上の新興住宅地になっていて、とてもあの牧歌的な景色は望めなくなったけれど）小さな町のはずれを歩いていた。あのひょろひょろとたよりない茂りかたをするイタリア・ポプラの林にふちどられた畑の道を、その林を過ぎたところにある修道院の製本所に、書店の用事でいくところだった。まだ、車を運転しないころで、ミラノの中央駅から電車で一時間ほど、さらに駅から三十分ほど歩いての道のりだったと思う。

ひとりでミラノを出ることがほとんどなかった私は、なんとなく心細い気持で、その道を歩いていた。そのとき、ポプラ林のあいだの、ずっと遠いところ、ミラノの方角と思われる地平の一点に、小指の先よりも細いなにかが、太陽の光線をうけて、ちらちらと白く光っているのが見えた。

ちらちらと白く光っているのが、ミラノの大聖堂の尖塔だとわかるのに、それほど時間はとらなかった。あ、ミラノだ。とっさにそう思ったのだったが、そのことで心がはずんだことに、私は小さな衝撃を受けた。ふだんは日常の一部になりきっていて、これといった感慨も持たなかったミラノだったのが、朝の陽光に白くかがやく大聖堂の尖塔のイメージに触発されて、いいようもなくなつかしい、あれが自分の家のあるところだ、といった感情をよびさまし、ほとんど頬《ほお》がほてるほどだった。日本が、東京が、自分のほんとうの土地だと思いこんでいたのに、大聖堂の尖塔を遠くに確認したことで、ミラノを恋しがっている自分への、それは、新鮮なおどろきでもあった。

おなじころ、親しい友人の家にアデーレという中年の女性が家事を手伝いに来ていた。アデーレは、私がその日、歩いていたサン・ジュリアーノの在《ざい》の農家の出だった。ミラノのはずれの労働者住宅に、工員の夫と息子とで暮らしていたが、ときどき、実家からもらった野菜を、おすそわけだといって、友人の家にもってきた。ある日、私がいあわせたときに、彼女の村ではラディッキオと呼んでいる、ほろにがいサラダ菜の一種をもってきた。白菜の小型といったその野菜を、私も、ミラノ生まれの友人も、八百屋《やおや》の店先で見たことがなかった。ミラノでラディッキオというと、まるい葉がやや厚めの、濃い緑色のサラダ菜である。でも、アデーレのラディッキオは、まっしろだった。にがいですから、こまかく刻んで、と彼女は説明した。そして、料理法をひととおり教えると、彼女はとくいそうに、こうつけくわえた。この菜っぱは、収穫するとすぐ、根をミラノの方角に向けて、土のなかに埋めてやるんです。え、と私たちは訊《き》いた。ミラノの方角って、なによ。そういって私たちが笑うと、アデーレはむきになった。ほんとうですよ、うちの辺では、そういうんです。根をミラノの方に向けないと、すぐに腐ってしまいます。

そうだ、サン・ジュリアーノの人たちにとって北というのは、海や砂漠をわたる人々に、磁石が示す抽象的な「北」ではなくて、ほかでもない、私が見て感動したあの尖塔の方角だったのだ。ポプラ林のあいだの道を歩きながら、そう思いあたると、彼女の言葉があたらしい実感をもって、心にせまった。

大聖堂といえば、ミラノの観光パンフレットだったかで、なんどか見た写真がある。それは、大聖堂の前の広場に立って、向って右手の側面の、どこか高い位置から撮られたもので、棟の部分を縦走する、ちょっと菓子箱のふちどりのレース紙のような、細かい石の透かし模様の彼方《かなた》に、雪におおわれたアルプスの山々が連なっている。いいな、とその写真を見るたびに思いながら、また見失ってしまう。大聖堂のこの部分は、もっとも原作者たちの構想をとどめているといわれるが、借景の効用もあって、『いいなづけ』の挿絵では想像もつかないほどの華やぎがある。

ミラノからアルプスの山々が望めることに、旅行者は気づかないかもしれないが、私がこの都会にきて、最初に泊めてもらったモッツァーティ家の八階のテラスからは、めずらしく晴れた冬の朝など、北東の方向に、雪山の連なりが見えることがあった。むかしは、もっと、もっと見えた、コモ湖のむこうの、鋸山《のこぎりやま》のようなレゼゴーネまで、とミラノ生まれのモッツァーティ夫人は悲しがっていた。

おそらく特殊な技術をつかって撮ったものらしいが、この写真を見ると、ミラノという都市が、ポー河の流域にひろがるロンバルディア平野の北端にありながら、同時に、アルプスの山々にさしかかる地点を占めていて、そのために、平野とも山とも深い関係にあることが、はっきりわかる。人種的にも、ミラノ人は平野人間と山岳人間の雑種であり、たとえば山の近さが、あの平野人種の、度しがたい鈍重さから彼らを救っているかもしれない。

中世の設計者たちの意図によるものなのか、偶然の産物なのか、ゴシックの大聖堂を、とくに側面から眺めたときに、私は巨大な木造船を想像することがある。それをはじめて明確に感じたのは、イタリアとユーゴスラヴィアの国境に近い、アクイレイアというさびれた古都のバジリカを訪ねたときだった。ビザンツのころに栄えたというこのアドリア海に面した町の聖堂は、すくなくとも私がそこを訪ねた三十年まえには、教会としては使われてなくて、美術館のように観覧するのだった。内部のモザイクのひなびた美しさもさることながら、外に出て、まばらな松林のなかに建ったこの教会を側面から眺めたとき、私はおもわず、あ、船だ、と思った。それは、建物というよりは、帆を上げさえすれば、空中にぽっかり浮かんで、どこかわからない、私たちには計りしれない寄港地をめざして、飛びたっていきそうな船に似ていた。ローマ時代にバルチック沿岸につづく「琥珀《こはく》の道」の重要な拠点だった港町アクイレイアの人たちが、十一世紀になって、自分たちにふさわしい教会を建てることになったとき、巨大な船をあたまに思い描いたことは、容易に想像できるのではないか。

だが、海とはなんの関わりもないミラノの大聖堂にまで、船のイメージが込められているというのは、私の思いすごしかもしれない。アクイレイアの印象があまり強烈だったので、それにとらわれた、私ひとりの幻想だろうか。それとも、中世の教会にあった、現世を束の間《つかま》の旅とみなす思想に、どこかでつながっているのだろうか。理由はなんであれ、大聖堂が船に似ていることに、私はなぐさめられた。帆を上げさえすれば、いつか、どこかに行ける可能性を秘めているようなのが、私を安心させた。

中心に大聖堂を抱くミラノの街には、もうひとつ、たいせつな記号がある。ナヴィリオ運河だ。

十九世紀のパリにはじまった（そして、現在は大ざっぱに「西欧的」と考えられている）西ヨーロッパの都市計画の理念は、幾何学的な円や直線のうえに構築された、強引で人工的な都市空間の構想にもとづいているが、代表的な都市の多くが、都市としてのかたちを持ちはじめた中世には、まず、大聖堂があり、それを起点として、そこから、外郭を決めている城壁に向って、街はほぼ不規則にひろがるものだった。

大聖堂が街の中心であることは、ミラノも変りないのだけれど、この都市を他のどの都市ともちがうものにしたのは、これとほぼ同じ時期に掘られた運河である。ミラノ人にとって、城壁よりも大切なこの運河は、いわゆる城壁のずっと内側に、半径が狭いところで五〇〇メートルほどの不規則な円を描いて掘られた。もともと、大聖堂の建設につかう石材を運搬するために掘ったといわれるが、幅二〇メートルもないぐらいのこの運河は、ミラノの南西でアルプスから流れてくるティチーノ川につながっていて、本来、重要な交通機関である。と同時に、セーヌのあるパリ、テヴェレのあるローマのような自然の流れをもたないミラノ人たちにとっては、なくてはならない風物詩をそえる要素でもあった。そして、運河によって閉じられた、まるい都心の空間が、ミラノという都会の中核をつくりあげて、街の繁栄をもたらした。惜しんでも惜しみたりないのは、戦後の復興の途上、性急な都市整備案によって、この運河が、ほとんど跡をのこさずに埋められてしまったことである。

この「ナヴィリオの環《わ》」のすぐそばに住んでいた、ある老婦人から、こう聞いたことがある。この家のまえに、せまい歩道をへだてて、運河の水が流れてたのよ。冬なんて、ナヴィリオから立つ霧で、ガス灯の光がぼんやりと澱《よど》んで、それはきれいだった。朝は朝で、霧のなかから、底の平たい川舟が、ふいに出てきたりして。でも、あれがなくなって、都心の湿気がましになったのは、ほんとうだけれど。

今日、都心をとりまくセナート街やヴィスコンティ・ディ・モドローネ街の息づまるような車の流れをみていて、ふと、昔その下にあった水の音が、地中から、かすかに立ちのぼるように思えることがある。

元来、イタリア語で運河を指す言葉は「カナーレ」なのに、ミラノだけで、ナヴィリオという語が変則的に使われる。航行可能な水路を意味する語なのだが、この言葉を、ミラノ人は、一種のほこりと感慨をもって発音する。彼らはこの運河の「環」の内側に住むことに、実体がすがたを消した現在でも、かたくなにこだわりつづけ（あるいは、それをあきらめ）、「中」の人種は、「外」の人種を、そんなことはないといいながら、たしかに軽蔑しているし、戦前までは、中と外で話されるミラノ弁までがちがったとも聞く。いまでも、タクシーに乗ると、目的地へ行くのに、ナヴィリオの環をまわりましょうか、といわれることがあって、外国人の私までが、古い運河や、かつて運河をとりかこんでいた、自分の知らないミラノの街並、水のあるミラノの風景を失ったことが、ふと悲しくなる。

大聖堂を背にして、右と左では、街の様相、種類がまったく違っているのも、ミラノの特徴かもしれない。おおざっぱにいって、左手は日常的、庶民的で、右手は断じて貴族的なのだ。左側の街を歩いているときの自分を思い出すと、なんとなく急ぎ足で、その日の献立についてとか、あの手のパンが、今日はまだあの店にあるかな、とか、あたまのなかには、実用的な考えがのさばっている。たとえば、スパダーリ街という通り。スパダーリというのは刀剣師だから、そういう店が、昔このあたりにたくさんあったのだろう。この道は少し先で名が変って、スペロナーリ街になる。こちらは名からすると、乗馬のための拍車をつくる店がたちならんでいたらしい。この道の裏側は、帽子屋通り、いちばんの表側は、金細工屋通りになっている。これらの名の原点となった店は、すべて消えてしまったけれど、どれも、生涯をかけて、暗い店でこつこつと働いていた職人の姿を彷《ほう》彿《ふつ》させる名だ。オレフィチ通り以外はみな曲りくねった、道幅のせまい通りで、とくにスパダーリ街には、魚屋や八百屋が軒をならべている。ある友人は、この通りを「くさい通り」と呼んでいて、あの通りに出ないように気をつけてる、あそこは、角を曲ったところから、サカナくさいもの、といつもいっていた。

それにしても、スパダーリ街の魚屋は、どうみても、ミラノ一、おそらくはイタリア一だった。全国の海辺から空輸されてきた魚が店頭にならんでいて、まるでつくりもののようにきらきら光っていた。お客を呼びこむおばさんの叫び声までが、日本の市場を思い出させた。値段は張ったけれど、めったに買わない魚は、やはりそこまで買いに行く価値があった。でも、友人が嫌がるのも当然で、この魚屋のせいで、この道には生臭い匂《にお》いがしっかりしみついていた。魚の鮮度にうるさいナポリ人の友達は、男が買物をうけもつ南イタリアの風習にしたがって、いつも自分でここまで魚を買いに行くといっていた。ほかの店で売ってるのは、サカナの死骸《しがい》なんだよな、とぼやきながら。

　魚屋の向いには、スイスやフランスの野菜を輸入している小さな八百屋があったのだけれど、あるとき、超豪華なデリカテッセンの店「ペック」が進出してきて、八百屋はあっというまに消えてしまった。おそらく、パリのフォションあたりをまねたと思われる「ごちそう屋」のペックがこの通りに顔を出したのは、一九六〇年代の後半で、それがミラノにもやってきた飽食時代の端緒だった。今日、ミラノはファッション都市などといわれて、ずいぶんしゃれた街のように思われているけれど、それは、この都会の一面にすぎなくて、元来、粗野で大食で外面《そとづら》を気にしないロンバルディア農民の血をひくミラノ人の他の一面を、ペックはよく表現していた。金さえあれば、なんだってできる。四方にそう宣言してはばからないミラノ人を、他の地方のイタリア人は馬鹿にしながらも、その財力にまけて口惜《くや》しい思いをしている。そんな、ぎらぎらした力のようなものが、ペックに一歩足をふみいれると、店に満ちあふれていて、それは、店員の威勢のよい呼び声にも、肩で押しあう買物客の興奮にも読みとれた。トスカーナ産のステーキ肉、自然飼料で飼育した若鶏《わかどり》から、スコットランドのスモーク・サーモン、カスピ海のキャヴィアにいたるまで、まさに世界の山海の珍味が、目をむくような値段で売られていて、それが飛ぶように捌《は》けていった。ペックの商売は大当りで、ほどなく、スパダーリ街には、おなじ資本と思われる、これもヨーロッパ全土からのソーセージやサラミをはじめ、豚のアタマからシッポまでを取り揃《そろ》えた「ブタの家」と、おなじ趣旨の「チーズの家」が開店し、通りは栄えに栄えた。

しかし、大聖堂の左側の庶民的で形而下《けいじか》的な賑《にぎ》わいに対して、右側の街のたたずまいは、まったく対照的である。まず、大聖堂前の広大な広場そのものが、十九世紀の統一前には存在しなかったのだが、その右手にそびえるのが、ミラノの人たちが、単純に「ガレリア」と呼ぶ、ガレリア・ヴィットリオ・エマヌエーレ二世という、巨大なアーケードだ。最近はニューヨークやボストンにも支店を出しているリッツォーリ書店や、楽譜やオペラの台本で有名なリコルディ、現在は往年の華やぎをすこし失ったレストラン、サヴィーニやビッフィなどが、このアーケードには軒をつらねている。しかし、ふつうのミラノ人にとって、ここは買物の場所というよりは、格好の散歩道といったほうが似合う。仕事のあと、家に帰るまえに、友人たちと、あるいは、職場のちがう連れあいどうしが待ちあわせて、食前酒をいっぱい空けながら、一日をふりかえる。あるいは、近所に住んでいる人が、犬の散歩にかこつけて、ショウ・ウィンドウを眺め眺め、ぐるっとひとめぐりする。貪欲な視線の、騒々しい観光客にまじって、そんな人たちがゆっくり歩いている。

しかし、ほんとうの「右側」がはじまるのは、ガレリアを出たところからである。ガレリアの北の出口に立つと、広場をへだてて向い側に、スカラ座がある。はじめてミラノに来た人は、たいてい、このスカラ座の前面を見て、これといった特徴のないのにがっかりし、戦争でやられたのですか、などと訊《き》く（内部は、じっさいに、こっぱみじんにやられた）。パリのオペラ座にくらべると、ほんとうに貧弱ですねえ、などと日本人もいう。たしかに、華麗という言葉がぴったりな内部のしつらえにくらべて、この外面は、不釣合なほど質素にみえる。理由はもちろん、設計者の責任だろうけれど、私はひとつだけ、スカラ座のために言いわけをしたい。というのは、十八世紀にこれが設計されたころ、周囲の建物が、だいたい、この建物に釣合のとれた高さだったのだ。周囲が仰々しくなったからといって、スカラ座のように、オペラの歴史と栄光がぎっしりつまった劇場を、おいそれと建てかえるわけにはいかない。

スカラ座の横、というのか、おなじ建物の一角に、ビッフィというレストランがある。おなじ名のレストランは、ガレリアの中にもあって、ミラノの人たちは、ひとつをビッフィ・ガレリアと呼び、もうひとつを、ビッフィ・スカラと呼んでいる。ガレリアのほうのビッフィは、現在、観光客相手のセルフ・サービスなどを兼業して、アメリカふうの経営をつづけているが、むかしは、ちょうどその向いにあるサヴィーニなどとおなじように、ミラノのもっともシックなレストランだった。詩人のガブリエーレ・ダンヌンツィオが、一世を風靡《ふうび》した天才女優で彼の愛人だったエレオノーラ・ドゥーゼとよくここで食事をした、というふうな伝説がまことしやかに語られていたし、ガレリアのビッフィへ行きましょう、などという三〇年代の流行歌もあった。

だが、スカラ座のビッフィというレストランがあるのを、私はながいこと知らなかった。それがあるとき、もとはといえば書店のカミッロのおかげで、自分がそこに招待されることになった。

ある日、ぐうぜん、書店に立ち寄ると、ちょうどいい人が来たとカミッロがいって、品のよい初老の婦人に私を紹介した。彼女の発音からも、身のこなしからも、とびきり上流階級の人らしいことは、すぐにわかったが、書店ではとんと見かけたことがなかった。マリーナ・V、とカミッロはその人の名をいい、ちょっと彼女の顔を見てから、つけくわえた。侯爵夫人。カミッロがまだぜんぶいいおわらないうちに、彼女はもう本題にはいっていた。あなた、日本の方ですって。私、こんどお国に行くから、いろいろ教えていただきたいの。明日、ビッフィ・スカラで昼食をするから、来てくださらないかしら。

すごいな、マリーナの招待で、ビッフィ・スカラで食事なんて。彼女が出ていったあと、カミッロは、ためいきのような声でいった。そして、ビッフィ・スカラが、ふつう、オペラがはねたあとに、リゾットなどを食べに寄る、しゃれたレストランだということ、また、マリーナがイタリアでは知られた社交界のスターで、スカラ座の初日のまえには、パリのクチュリエが彼女のために用意した衣装が、世界の富豪夫人、美女たちのそれにまじって日刊紙で発表されるような人物であること、そして、なんと彼女が住んでいるのが、あの有名なヴィラ・マゼールなのだと、話してくれた。トレヴィーゾという、ヴェネツィアの北西にある都市の近辺には、十六世紀の建築家パッラディオの設計した一群のヴィラがあり、マゼールは、その古典的で端麗な建築とともに、やはり同時代の画家、ヴェロネーゼの壁画でも知られている。美術書を通してあこがれているルネッサンスの邸宅を、日常の場につかっている人たち。そう考えただけで、翌日の昼食がたのしみだった。どうしてカミッロにそんな知己《ちき》があったのか。いまでも、私にはわからないのだけれど、ふたりはかなり親しそうでさえあった。

ビッフィ・スカラの昼食が、私のためだけでなかったことは、つぎの日になってわかった。それはマリーナと夫の侯爵がミラノに出てきて、一年に一度もよおす、一族の会食だったのだ。相客は二十人を超えていただろうか。街ではあまり見かけないような英国ふうの紳士たち、それぞれの夫人と思われる、香水のかおりをふりまく貴女《きじょ》たち。そして、無頓着《むとんちゃく》としか思えない身なりの、小鳥のようにおしゃべりな少女たち。マリーナはつぎつぎに私を紹介してくれたが、なかでも、むすめです、といって、ひきあわされた少女の名を聞いて私は耳をうたがった。ディアマンテ、英語ならダイアモンドだ。ずっとあとになってから、イタリアの歴史のなかでは、さほど突飛でない名と知ったのだったが、そのときは息をのんだ。その日、同席した女性たちのシックで野蛮なテーブル・マナー。それを愉《たの》しげに眺める鷹揚《おうよう》な男たち。ビッフィ・スカラなら、V侯爵家ほどの人たちなら、世間では許容されないことも公然とゆるされ、まかりとおっていることを目《ま》のあたりにして、大げさにいえば、ヨーロッパの社会の厚み、といったものを私はひしひしと感じた。それはまた、ツィア・テレーサのような、財力はあるが歴史の浅い、ブルジョワジーの人々とは、ひとあじ、異なった世界でもあった。なによりも、私は、それまでなんの感慨もなく通りすぎていた、スカラ座やそのかいわいの家々の壁のなかでは、こんな世界もうずまいているのを知って、ミラノの深みに、また一段、はまりこんだ気持だった。

デリカテッセンの店の人ごみをのぞいて、自分の財布の軽さがうらめしかったり、ビッフィ・スカラの食卓に招かれて、はでやかなハイ・ソサエティーにどぎもを抜かれたりしながら、私のミラノはすこしずつ広がっていった。スカラ座のまえの路面電車が通っているマンゾーニ大通りの名が、それをちょっと曲ったところにある、文豪が家族と住んでいた三階建ての、周囲に押されてミニアチュアのようにみえる館《やかた》にちなんでつけられたことは、この通りにある小さな出版社につとめていた友人のガッティからおそわった。マンゾーニの館から、もういちどガレリアの方向に行くせまい通りには、サン・フェデーレという教会があった。八十四歳の文豪が、その教会のまえの階段で転倒して、それが彼の死につながったことを、彼の伝記をとおして知ったのは、ミラノで暮らすようになって、何年もたってからだった。書店の仲間で、ひとりだけ「いいうち」の出のルチアが、子供のときから靴をつくらせている店が、マンゾーニ街からコルシア・デイ・セルヴィ書店の裏に通じるモンテ・ナポレオーネ街にあって、その通りがミラノ一のおしゃれな道だということも、やがてだれかが教えてくれた。モンテ・ナポレオーネ街には、ミラノではめずらしい、コーヒーではなくて、紅茶とケーキが主流の「ティー・ルーム」があって、夕方の四時ごろには、ツィア・テレーサがそこによく現われることは、ガッティが教えてくれた。また、やがて区画整理でなくなってしまったが、書店のまえの大通りを渡って、すこし行ったところには、「菜園のサン・ピエトロ」という、奇妙な名の通りがあって、そこには、まっ昼間から娼婦《しょうふ》がならんで客をひいていることを、困り顔で話していたのはカミッロだった。

私のミラノは、たしかに狭かったけれども、そのなかのどの道も、だれか友人の思い出に、なにかの出来事の記憶に、しっかりと結びついている。通りの名を聞いただけで、だれかの笑い声を思いだしたり、だれかの泣きそうな顔が目に浮かんだりする。十一年暮らしたミラノで、とうとう一度もガイド・ブックを買わなかったのに気づいたのは、日本に帰って数年たってからだった。

らどんなにすばらしいだろう。

しばらく走って、丘のかげになった場所で食事。肉を焼いたり。風がひどい。風が麦畑を走る。木のかげに、プリムラの黄色が咲いていた。月見草に似た黄色。

Siena を出たところで、Yさんがおなかがすいたと云い出して、車をとめて alimentari[13] の店に入る。パンと cacio[14] を買う。直径30センチほどのまるいひらたい、麦こがしいろのパン。トスカナ特有の塩気のなさと粗い口あたり。少しすっぱい cacio の白さ。

店の前が陽だまりになっていて、石のせまいベンチがとりつけになっている。Yさんがその上に陽をいっぱいに浴びて寝ころがる。

前の谷は桃の花ざかり。ロズマリーノの枝に紫の小さな花がびっしりと咲きつめている。

(1)学生寮　(2)シャルトルの聖マリア　(3)シエナの聖カテリーナ　(4)サーキット　(5)聖母子像　(6)ロマネスク　(7)無垢《むく》　(8)ゴシック　(9)説教壇　(10)表明　(11)Abboziadi Monte Oliveto Maggiore モンテ・オリヴェート・マッジョーレ修道院　(12)会議室　(13)食料品店　(14)チーズ

と（Asciano《アシヤーノ》 より）道の舗装がきれて、でこぼこ道が又オリーヴ畑のあいだを縫う。今、道は丘のいただきからいただきをつないで走っている。ふいにオリーヴ畑がきれて、灰色の岩肌が、ふしぎなしわをよせて、谷にむかって走っている。ジョットの岩。色。

Monastero di Monte Oliveto——つり橋をわたって入ると両がわにバラの畑。それから糸杉の道が始まる。右がわは谷。杉の香りがたかい。声高に話さないこと、と入口に書いてある。図書室、sala del consiglio(12) など。一番すばらしかったのは、食卓の用意がととのった食堂。水さしに水がなみなみとつがれていた。聖堂では白い衣の修道士たちが聖務日禱《にっとう》をうたっていた。（その前にふと chiostro からみたら、半びらきの窓から机にむかっている修道士の姿がみえた。私はどうしてあそこにいないのだろうと考える。何が私をこの静けさ、平和から遠ざけているのだろうか）。若い修道僧が多いようにみえたのは、まちがえだろうか。教会の中にはこんな人たちもいる、とも思った。

又糸杉の道を通って入口にもどる。石垣にもうカッペリの紫の花が咲いていた。一面のえにしだ。咲いたれないという思いがふと頭をかすめる。美術館にした日から、これらの石はおそらく、死んでしまうだろう。Paris の Ste. Chapelle のように。内部を簡素化して、照明を改善し、壁画の類を美術館にある程度持って行って、やはりこれを礼拝と集会の場として用いるのがよいのではないかという気もする。しかし、集会には、あまりにも不便な気もするのだ。こう云《い》うものを持っていない日本の教会は、やはり、あわててこの真似《まね》をしたものを建てないほうが賢明なのではないか。まずキリストを生きること、あとはすべてかってにうまく行くにちがいない。Manifestation[10] に力を注ぎすぎないこと。

Siena から、Oliveto《オリヴエート》（Monte Oliveto）の修道院[11]へ。これが今度の旅でいちばんの圧巻だった。高すぎもしなく低すぎもしない丘の連続。麦畑にもうヒバリが上っている。畑と道路を区切るさんざしが花ざかり。オリーヴ畑。風が吹くといっせいに銀色にひかる、オリーヴの木。もうテラ・コッタになったかとおもう、シエナ茶の土のいろ。それが若いみどりの麦畑の中で時々はっとするように肌をみせている。しばらくするうな光に挑戦するかのように、創りあげるが、中は、もう、どうしてよいかわからなくなるのではないか。内部がおそろしくお粗末な場合をしばしば見たように思える。ロマニコ[6]で intact[7] であったものがgotico[8] では急にうたわなくなる。イタリア・ゴシックの内部には、殆んど天才のひらめきがみられない。アシジでも、チマブエの画《え》までは、壁と共に息づいているかんじだが、S. Francesco Superiore《サン・フランチエスコ・スペリオーレ》 の Giotto《ジヨツト》 は、もうすでに建築とはなれている。(Padova の Giotto が見たい)。

たくさんの turists たち。Duomo の中はごった返している。Giovanni Pisano《ジヨヴアンニ・ピサーノ》 作といわれる ambone[9] は、私にはあまり印象をのこさない。こまかすぎて、このひとつひとつを見るのは、何となくいやだと思う。こまかい細工にこる彫刻家というのがあるのか。

杖《つえ》をついて、大理石の床を横ぎって行く老人。何となくうろうろしている若者。教会は、美術館にしてしまって、神の礼拝《れいはい》は他の場所で、もっとはだかな、もっと静寂にみちたような場で行われなければならないのではないかと、私はしばしば考えてきた。しかし、今日、ここでは、ひょっとしたらこれでよいのかも知つめたいような顔をしている。カテリナの沈黙に、私は、心をひかれる。やはり Simone Martini のグイドリッチョ・ダ・フォリアーノという人が馬にのって行く肖像画もすばらしい。空の黒味がかった紺色（ウィラ・キャザーが、*Shadows on the Rock* で描いていた、あの、夕暮れのすぐあとの空の紺いろに近いのだが、Martini はこの色を、昼間のつもりで描いたのではないだろうか。少くも Umbria《ウンブリア》 の夏の空は、あまりのあおさに暗くみえることがある。）を背景に、金の飾り布で被《おお》われた白馬に乗って、黄金のマントに身をつつんだ使者（これがグイドリッチョなのだろう）が描かれている。右側が岩山の城壁にかこまれた町は、ひるがえる黒と白の旗でシエナとわかる。槍《やり》が針の山のように突き出された戦線をこえて、彼は、もう一つの丘の上の町にむかっている。なにか不思議な魅力をもった作品である。

Duomo. 私はどのイタリアの Duomo に入っても、（いくらすばらしい絵があっても）本当は中は見なくてよかったのではないかとかんじる。この人たちは、燦《きらめ》く太陽の下の（外側の）造形は、殆《ほと》んどその降るよフィやサラダをうっている。今、うらの畑からとって来たというかんじの新鮮さ。カルチョッフィの葉が少ししおれているのまで目新しいかんじ。ミラノの野菜はしばしば水にぬれている。どうにかして長時間新しく見せようとする商人達が水をぶっかける。いつの間にかグループをはなれて歩き出す。考えることが山程あるかんじなので。バーで紅茶を飲む。タイヤがパンクしたような音がして、鳩《はと》がいっせいにとび立つ。青い空を背に太陽光をさえぎって四散する。風がピンクの洗いざらしのテーブル・クロスを吹きあげ、Daniel がフルーツ・ジュースをのんだあとのコップが落ちてわれる。Albina がお金を払うとき、コップの事をいうと、どうせよくあることですから、とコップの代はとらないという。うれしいと思う。人びとのしゃべる言葉ののびやかさ、明るさ、軽さ。本当に美しいと思う。Campo のタバコ屋で絵ハガキを買う。Simone Martini《シモーネ・マルテイーニ》の美しい Madonna col bambino(5)、S. Domenico《サン・ドメニコ》にある Andrea Vanni《アンドレア・ヴアンニ》の、美しい、カテリナの肖像画。シエナ派の私は、きれながの目がひどく好きだ。お茶のお点《て》前《まえ》の時の柄杓《ひしゃく》のような具合に、白い百合《ゆり》の枝をもって、強い女性のカテリナ。修道女になることに反対した家人に決心のかたさをみせるため、中世の少女には大切な宝物だったにちがいない髪を、ざっくりと切りおとしてしまったカテリナ・ベニンカサ。フラ・ライモンドに手伝わせて、（当時の）世界中の人々に手紙を書き忠告を（アビニオンの教皇にまで）送りつづけた、カテリナ。その彼女が通いつづけた量感の美しい（この辺の麦わらの山を思わせる）サン・ドメニコの教会の横を通ったとき、なにか胸がはずんだ。親しい友人の家の前を通るかんじ。教会の横手の谷あいをへだてて、又、カテドラルの美しいドームがみえる。車の通る右側の、急な細い坂道の名をみると Via S. Caterina《ヴイア・サン・カテリーナ》 とあった。この道を彼女はミサに通ったのだろうか。

Piazza del Campo——朝の陽がいっぱいに照っている。おぼえてなかった。こまかくレンガで杉アヤのようなもようにつくられた、autodromo(4) のような傾斜をもつ、この世界屈指の美しい広場。Palazzo comunale《パラッツオ・コムナーレ》 の塔の前あたりを要《かなめ》として、ヴィナスの貝のように、周辺にむかって放射線状にひろがり、せりあがってゆく斜面。片すみにたっている市では、大きなかごにカルチョッの光。お天気らしい。(ドアの隙間から)。9時出発。まだ枯れた雑木林の中のホテルをあとにシエナまで10キロあまり。谷をへだてて黒と白のシマのカテドラルと、あの優雅なパラッツォ・デラ・ポデスタの塔が、早春の光の中に、赤い屋根瓦の波にびっしりかこまれてたっているのを見て、心をしめつけられる。この前この町を訪れたのは1954年の夏だった。17年前。その二、三ヶ月前に私は、パリ大学の学生の巡礼に加わって、シャルトルへ徒歩でむかっていた。赤いケシに色どられた麦畑のむこうに、シャルトルの片ちんばな二つの塔をのぞんだとき、私たちは手を叩《たた》いた。それは、40キロの道を二日かかって歩いて、目的地につこうとしているしゅんかんの、よろこびの拍手であると同時に、美しい少女のように、野のむこうに姿をみせている、シャルトルのカテドラルへの称讃《しょうさん》の拍手でもあった。St. Marie de Chartres(2)——そんな名で、あのカテドラルを私たちはみていた。それは、ペギーの眼《め》をとおしてだったのかもしれない。

シエナ——Santa Caterina da Siena(3)——少くもヨルゲンセンなどの伝記を通して、私の若い日に尊敬した、

日　記

1971年４月10日／土曜日

聖土曜日。朝もう８時頃に目がさめた。Ｙさんが一番に目をさまして昨日《きのう》のお皿を洗ったり、ガスバーナーでコーヒーのお湯をわかしはじめたりした。パリのfoyer(1)で〝ゆき〟とアルコールランプで肉をやいた頃をおもい出した。あの頃から比べて、何といろいろなことがこわくなくなっていることか。これが厚顔ということなのかと、こわくなる位である。第一 Daniel がいても、はずかしくも何ともなくて寝てしまうずうずうしさ。それとも、これは自分の体になれたという事なのか。しかし、もしもダニエルが私たち位の男性だったら、とてもこんなにして寝られなかっただろうとも思う。Ｙさんがお皿を洗う間をぬうようにして、顔を洗ったり、足を洗ったりする。天井に大きなシミのあるのを発見する。廊下からいっぱいに射《さ》しこむ陽《ひ》

II

きらめく海のトリエステ

若いころ、わたしはダルマツィアの
岸辺をわたりあるいた。餌《えさ》をねらう鳥が
たまさか止まるだけの岩礁は、ぬめる
海草におおわれ、波間に見えかくれ、
太陽にかがやいた。エメラルドのように
うつくしく。潮が満ち、夜が岩を隠すと、
風下の帆船たちは、沖あいに出た。夜の
仕掛けた罠《わな》にかからぬように。今日、
わたしの王国はあのノー・マンズ・ランド。
港はだれか他人のために灯《あか》りをともし、

わたしはひとり沖に出る。まだ逸《はや》る精神と、
人生へのいたましい愛に、流され。

これは、現代のイタリアを代表する詩人のひとり、ウンベルト・サバが、一九四六年に上梓《じょうし》した詩集『地中海』の末尾におかれた《ユリシーズ》と題された作品である。若い日の詩人の漂泊への思いを、太陽にきらめく地中海を背景に、ホメロスの英雄に託していて、読者をつよく誘《いざな》う。やがて五十に手のとどく詩人は、少年時代をふりむくほどに老いを感じはじめているが、詩魂《しこん》はいっときも休ませてくれない。

この詩に私が惹《ひ》かれたのは、たぶん夫が死んでからのことだと思う。北伊《ほくい》ロンバルディアの農村に育った夫は、少年のころのある時期を、アドリア海沿岸のイストリアと呼ばれる地方の、(たぶん、いまはユーゴスラヴィア領になっている)小さな島の寄宿学校にいた。小学校以上の教育をうけるには、修道会の経営するそんな辺鄙《へんぴ》な土地の学校で、奨学金をもらって勉強するほかなかった彼の、それはみじめで暗い時期だったに違いない。それでも彼は、いま私には名も思い出せ

ないそのイストリアの島のことを、ときにはなつかしそうに話してくれた。いつかきっと、いっしょに行こう。そのときは、彼がしばらく住んだことのある（いったい、なにをしていたのだろう）、彼の熱愛した詩人サバの故郷で（ジョイスやリルケとも縁《ゆかり》のふかい）、やはりアドリア海に面した国境の町トリエステにも、連れて行ってくれるはずだった。

サバは、一八八三年、トリエステに生まれ、第二次世界戦争のあいだの数年をのぞいて、ほとんど一生をこの町で暮らした。だから、若いころ、ダルマツィアの沿岸をわたりあるいたというのは、いうまでもなくメタファーだ。原文で読むとこの詩は、ゆるやかなリズムと音声にささえられて、深いところに音楽的なひろがりをもつ、うつくしい作品である。サバ自身、この作品には自信があったようで、とくに、"Nella mia giovinezza ho navigato"「若いころ、わたしは海をわたった」という冒頭の十一音節行は、彼自身の注釈によると、音声、形式ともに「完璧」なのだそうである。この作品はまた、近年とみに評価がたかまっていて、現代イタリア詩のアンソロジーにはかならずのっている。ジョイスの伊訳が近年ようやく新書判で読まれるようになったイタリアで、それまではあたまの硬い「国語」の教師たちに幽閉され、古典書として葬られていたホメロスのユリシーズ像が、やっと現代的な受容の場を得たのかもしれない。

サバの父親は、いいかげんでダンディーなイタリア人の若者、母親はトリエステのゲット出身のユダヤ人だった。スラヴ系の乳母《うば》に育てられたが、その女性が彼の幼年期には母親がわりだったらしい。第一次世界大戦まではオーストリアの支配下にあったトリエステで、商業学校かなにかをあまり勉強に力をいれるでもなしに卒業して、その辺をうろうろしながら、少しずつ本屋の仕事をおぼえ、やがて自分の本屋を持った。それは稀覯本《きこうぼん》なども扱う古書店で、サバは商売でずいぶん儲《もう》けた時期もあったらしく、そのあたりに彼のユダヤの血が感じられるのだが、若いころのサバの詩集は、多く自分の書店からの自費出版として世におくられた。

サバが書店主だったこと、彼が騒音と隙間風が大きらいだったこと、そして詩人であったことから、私のなかでは、ともするとサバと夫のイメージが重なりあった。しかもその錯覚を、夜、よくその詩を声をだして読んでくれた夫は、よろこんで受入れているようなふしがあった。トリエステには冬、ボーラという北風が吹く。夫はその風のことを、なぜかなつかしそうに話した。瞬間風速何十メートルというような突風が海から吹きあげてくるので、坂道には手すりがついていて、風の日は、吹きとばされないように、それにつかまって歩くのだという。「きみなんか、ひとたまりもない。吹っとばされるよ」と夫はおかしそうに言った。クロスワードパズルでも、「トリエステの有名な風」とあったら、答えは間違いなくこのボーラだ。しかし、どういうわけか、その風について、サバはあまり書いていない。きっと、風がきらいだったのだろう。ただ、文学の教科書のサバの項にはかならず引用される《トリエステ》という詩にうたわれた少年には、この風の音がはいっているように思える。

　トリエステのうつくしさにはとげがある。
たとえば、花をささげるには、あまり
ごつい手の、未熟で貪欲な、
碧《あお》い目の少年みたいな。

「花をささげる」相手は、当然のことながら、女性であり恋人である。そして、この四行には、ある意味ではサバのすべてがこめられている。トリエステはサバであり、したがって、詩のなかの少年もサバである。しかも、サバの愛は不毛な棘《とげ》を秘めていたので、花をささげるわけにはいかなかったのだ。

サバの詩は、自伝的といわれる。晦渋《かいじゅう》ということがひとつの特質のようになっている現代詩のなかで、彼の作品はどれも一見ひどく単純にみえる。《ユリシーズ》を、さいしょ友人に読んで聞かせたところ、ひとりはすてきだと言い、もうひとりは、きみの詩はわかりすぎるからだめだと言った、とサバが書いている。青年時代、当時イタリア文壇の中心であったフィレンツェに行ったとき、彼は何人かの著名な詩人に会ったのだが、なんとなくつめたくあしらわれたらしい。ダダや未来派の風が吹きまくる当時のフィレンツェに、時代の流行から離《はな》れたところで詩を書いていたサバは、田舎者《いなかもの》としてばかにされたようである。彼自身、自分の書く詩がなんとなくアナクロニスティックな存在であることを意識していたが、それでも調子を変えることなく、生涯、サバ調でとおした。その作品の評価は専門家のあいだでも、おそらく好ききらいというレヴェルで、まちまちである。おおむねイタリアの詩は、いわゆるリアリズムにつながるダンテの系統と、虚構性と形式への傾倒がつよいペトラルカの系統にわかれるが、サバはだんぜん後者に属する。彼のペトラルキズムは、ハインリッヒ・ハイネから来たものだという説もある。それというのも、一九一七年まで、オーストリア領だったトリエステという土地柄に由来する。オーストリア領ということは、ウィーンが首都であったということでもあって、第一次世界大戦の終りまで、トリエステの学校では、ドイツ語が必修だった。

まだ留学の日も浅いころ、『鳥、ほとんど散文で』という題にひかれて、サバの詩集を買って読んだことがある。イタリア語がやさしい、とは思ったが、それ以上なんということなく月日が経《た》った。ところがやがて結婚した相手は、無類のサバ好きだった。しかし、彼は私にその偉大さの秘密をすこしも説明することなしに、ただ、その詩集をつぎつぎと手わたしてくれた。そして、サバの名といっしょにトリエステという地名が、私のなかで、よいワインのように熟れていった。

もともとトリエステという町の名を私がはじめて聞いたのは、たぶん父の口からだったろう。第一次欧州大戦の時代にかかわった、ダンヌンツィオとか、フィウメとかの人名、地名といっしょに聞いたような気もするし、戦前、彼自身がオリエント・エキスプレスで旅をした話のなかに出てきたのかもしれない。あるいは戦後の連合軍によるトリエステの分割とかについて話していたのかもしれない。いずれにしても、それは今日の日本で北方領土問題といわれる政治的なスローガンの精神構造に通じる言葉のすじだったようでもあるし、世紀末のウィーンにつながった、かなりノスタルジックな調子だったようでもある。戦後、題名は忘れたが、ネオ・リアリズムの映画でトリエステを扱った作品があって、たしか連合軍に占領された地区とユーゴスラヴィア領になった地区で恋人たちがはなればなれになってしまった話だったと思う。私がおぼえているのは、貧しそうな家の中で、テーブルをはさんで人が話している場面や、踏切のような棒が上下する、町なかの国境線ぐらいなもので、それ以上のトリエステのイメージは、これといって使われていなかった。坂道の多いことも、風の吹くことも、その映画にはなかったようだ。

トリエステの名がふたたび、自分にとってあたらしい響きをもってもどってきたのは、私たちが結婚式をウディネという北の町で挙げたときからである。友人の多いミラノでの式がごった返すのをきらって、夫は親友が司祭をしているこの地方都市をえらんだのだった。トリエステなどのある海沿いの、基本的にはヴェネツィアの文化圏に属する地方にたいして、ウディネは、フリウリというオーストリアとも国境を接する内陸地方の都市で、言語的にもまったく系統を異《こと》にしている。それでいて、地理的にはトリエステに近いから、私たちが式のあと滞在したフリウリのさびれた田舎町でも、夫の友人たちに誘われて訪れた海辺の町でも、人々がトリエステを口にするのをしばしば耳にした。なかでも、十一月の冷えた水蒸気の中に墨絵のように浮かんだ、砂州の突端にあるグラードという島を訪れた日、案内の友人が、あっちがトリエステだと言って指さした声のひびきには、ひそかなあこがれのようなものがあるのを感じた。夫が、いつかいっしょに行こうと言うようになったのは、その旅の日からだったように思う。

サバには、トリエステの道をうたった詩が、いくつかある。道というよりは、

「通り」と言ったほうがよいのだろうか。ヨーロッパの都市の通りには、それぞれの表情があるものが多い。いかにも裕福な人ばかりが住んでいそうな通り。古びた家がたちならんでいて、そこを通りすぎただけで、こちらまで老いさらばえてしまいそうな通り。そうかと思うと、町はずれの新開地で、まだ通りの性格がはっきりと定着していない、あっけらかんとした道。

多くの悲しみがあり、
空と町並のうつくしいトリエステには
「山の通り」という坂道がある。
……坂の片側には、忘れられた
墓地がある。葬式の絶えてない墓地。
……ユダヤ人たちの
昔からの墓地。ぼくの想《おも》いにとっては
とてもたいせつな、その墓地……

やはりトリエステ出身の著名な詩人のビアジョ・マリンに、『トリエステの道と海岸』という小さな随筆集があるが、この「山の通り」という道のことを、現在でもやりきれないほど悲しい町並だと書いている。サバのうたったユダヤ人墓地は、いまではユダヤ教会になっているそうである。一七〇〇年代まで、この道は「絞首台通り」とも呼ばれて、処刑場があったという。ユダヤ人は、そんな哀《かな》しい場所に自分たちの墓地を与えられていたのだった。

ユダヤ人にたいして、どういうわけか、夫はいつもふかい愛情を示していた。おそらくは、聖書にある彼らの流浪の運命に共感してのことだったに違いない。また、第二次世界大戦中、反ナチスの抵抗運動にたずさわってユダヤ人をかくまった世代の、それはひとつの生のあかしだったのかもしれない。政治に関してはまったく音痴な彼だったが、友人のなかにどうかしてユダヤ人をわるく言う人がいると、ねばりづよく反論をのべていた。彼が死んで二日目だったかに、何度目かの中東戦争が勃発《ぼっぱつ》して、イスラエルがゴラン高原を占拠した。海をへだてたところで血なまぐさい戦争がはじまったので、イタリア人には傍観できない事態だった。ペッピーノが生きていたらどんなに悲しんだだろう、と友人たちが言った。

また、その数ヵ月後、彼の死をとむらうためにといって、イスラエルのどこだったかの丘に、オリーヴの若木を一本植えましたと、彼と親しかったユダヤ教のラビから手紙をもらった。サバがユダヤ人だったことも、だから、夫にとっては、この詩人をなつかしむ大切な理由のひとつだったかもしれない。

そんなユダヤ人の墓地がある坂道。そこからサバは船の停泊している港を眺め、広場の市の日除《ひよ》けを縫ってうごめく人影に彼らの生の営みを読みとっている。生きるための争いを終えた人々がしずかに横たわる墓地と、まだ闘いのさなかにある市場の人々と。

《三本の道》という題のこの詩に、もうひとつ、「旧ラザレット通り」と呼ばれる道が出てくる。ラザレットというのは、救貧院とでもいうのか、昔、医療費を払えない人たちや、行きだおれなどを収容した建物である。サバの詩のなかのこの道も、ぜんたいに暗くて、悲しみに満ちている。そんな道にもサバは、

ただ、ひとつ、あかるいしらべがある

という。この通りと交差している何本かの道のつきあたりがみな海になっているのだ。私は港町に住んだことがないけれども、このつきあたりの海を、「あかるいしらべ」としたことで、ラザレット通りはわずかに救われ、太陽にかがやく海と空の青さが読者をなぐさめてくれる。その青さは、サバの眼《め》の青をいっそう濃くしていただろう。

眼の青さといえば、私の好きなサバの写真がある。もともと詩人の写真というものは、それほど印象的でないものが多いけれど、サバには、写真そのものが鮮明に記憶に残るようなのが、いくつかある。有名な写真家の作品なのかどうかは知らない。ひとつは、ガルザンティ版の『イタリア文学史・現代』のサバの項に掲載されているもので、トリエステの波止場の繫柱《けいちゅう》に半分腰をおろしたような格好で、片足は石畳にしっかりとつけているサバである。ちょっとびっくりするくらい、大きい靴（というのか足というのか）、背中がまるくて、前こごみになっているが、ずいぶん背のたかい人だったようである。もうひとつの写真は、暗黒に向ってひらいたような窓のまえで撮ったもので、顔の部分は逆光でほとんど見えない。ただ、片一方の眼だけが、人をさぐるような表情で光の部分にはみでている。騒音と隙間風のきらいなサバが、自分の部屋の窓の鎧戸《よろいど》を釘《くぎ》づけにしてしまったという話を、なんども夫から聞いていたので、この写真をはじめて見たとき、これはどこの窓だろう、と思った。ふしぎなのは、両方の写真ともこまかい顔の表情には重点をおいてなくて、それだけなおさら、まるで彫刻作品のように、サバという人間全体のヴォリュームだけが、見るものに迫ってくる。そして、表情をこまかに撮った写真よりも、それは、サバの人格そのものについてずっと多くを伝えてくれるようだ。それに、詩人の肖像というと、えてして眉のあたりに暗い翳《かげ》があったり、目が鋭かったりするものだが、これらの写真で見るかぎり、サバは、ちょっと見には普通人、だがよく見ると、その大きな物体のようなからだに、とてつもない「なにものか」がつまっている、という感じなのである。波止場の写真は、半分は背中が写っているので、オッペルの象みたいにもみえる。

この「ちょっと見には普通人」というのは、サバが自分の作品にも常時しかけたトリックだった。この人の詩を読むと、一見単純、あるいは平板で、自伝の様相を呈しながら、じつはペトラルカ以来の研ぎ澄まされた正調の抒情詩《じょじょうし》技法が駆使されていて、形式の完成度は現代詩人には稀有《けう》と言われる。毎日の生活のなかでは孤独や不眠や疎外感に苦しみながら、詩ではいつもきちんとした職人の態度を失わない厳しい詩への姿勢が、終始彼の抒情を裏付けている。彼は詩人の独善を神秘性などと詐称して読者に押しつけたりしなかった。

……じぶんの
そとに出て、みなの
人生を生きたいという、
あたりまえの日の
あたりまえの人々と、
おなじになりたいという、
のぞみ。
……この町はずれの
新道で、ためいきみたいに
はかないのぞみが、ぼくを
捉《とら》えた。

……あそこでぼくは
はじめて、あまい虚しい
のぞみに襲《おそ》われた。
暖かい、みなの人生のなかに、
じぶんの人生を入りこませ、
あたりまえの日の、
あたりまえの人々
と、おなじになりたいという
のぞみ、に。

サバは、詩においていて、「パンや葡萄酒《ぶどうしゅ》のように」、真摯《しんし》かつ本質的でありたいという希求あるいは決意をまるで持病のように担いつづけて、それを一生つらぬいた詩人である。ここで「詩において」という箇所に傍点をふったことについて念を押したい。サバにとって、それは倫理的または人生論上の決意ではなく、あくまでも「あたりまえの詩」への決意だったと解釈したい。

写真ではないけれど、もうひとつサバの肖像がある。それは友人がイタリアから最近もってきてくれた『サバの酸っぱい葡萄酒』という本の表紙に使われていて、ボラッフィオという、ウディネに生まれトリエステで生涯を終えた画家の手になるものである。題名の示唆するとおり、サバについての追憶を綴《つづ》った、百ページちょっとの小さな本で、その白地の表紙の、青い海と空を背景にしたサバの肖像画は五センチ角ほどである。ボラッフィオはサバとおない年だが、一九三一年に死んでいる。カタログによると、これは一九二一年の作品で、ボラッフィオの傑作のひとつということになっている。サバの生年から計算すると、肖像画のサバは三十八歳ということになる。そして二一年は、サバが二冊目の詩集を自費出版した年で、サバの名はまだまだ一部の人にしか知られていなかった。この年齢にしては、あたまがすっかり禿《は》げあがっているが、表情は若い。胸から上の肖像で、黒いビロードのような感じの上着に、ボヘミアンのような、やや大きめの蝶《ちょう》ネクタイをつけている。サバのうしろは砂浜のようなあかるいオークル色の石畳で、そのまたうしろ、青い海がはじまる辺りに、白い帆をたたんだヨットが一隻、陸に揚げてある。紺碧《こんぺき》の海の上部は、画面の約半分を占める青い空。海の色とサバの大きな眼とがほぼおなじ色に描いてあるが、写真と違って、この絵のサバは、表情がはっきりしている。なにか、思い迷っているかのように首を少し曲げ、それでも生来の誠実さがはっきり出ている。まだ、すっかり作品の構造ができあがっていなかった当時のサバを、この海と空と白い帆につなげて描いたボラッフィオは、ほとんど先見の明があったといえる。

夫が死んで二年目の夏、私はトリエステを訪れる機会をもった。生前、ついにいっしょに行けなかったその町に、日本からの客を案内して行くことになったのだった。現代彫刻の先達《せんだつ》のひとり、マルチェッロ・マスケリーニに会うためである。彫刻家の家は、トリエステの高台の松林の中にあり、農家ふうの白壁が目にまぶしかった。アトリエも、素朴でさりげなく、それでいて本質的には贅沢《ぜいたく》でモダンなつくりだった。

その夜、私たちのために、マスケリーニは友人を招いてパーティーをひらいてくれた。香ばしい松の下で、アルゼンチン人だというギタリストが、お国ふうのバーベキューを用意してくれた。ながい北国の夕暮がやっと夜になるころ、みな家にはいって、よもやま話をつづけた。相客のなかに、ツィガイナという隻腕《せきわん》の画家がいた。ツィガイナは、詩人で映画監督だったパゾリーニと親しかった人で、『テオレマ』という映画に出演したことを話してくれた（彼はその後、やはりパゾリーニの『デカメロン』という映画にも瞬間出ていて、なつかしかった）。幼時に事故で片腕をなくしたとのことだったが、そんなことをすんなり言ったり聞いたりできるような、あたたかい空気が、あの夜、あの客間を包んでいた。初夏だというのに暖炉に火をいれるくらいのはだ寒さで、夜がふけるのもかまわず、ツィガイナと私たちはそれぞれの戦争体験について話した。アルゼンチンの男は遠い国の歌をギターで弾き語りしてくれた。また、こんなときいつも歌われる、「きみが死んだら、きみが死んだら、花を一束、捧《ささ》げよう」という、パルチザンの歌を合唱する人もいた。私は自分の長年の夢であったサバのトリエステにいることを、ふと忘れそうだった。

そんなとき、サバの名が、ふとだれかの口にのぼった。マスケリーニは、生前の詩人と親交があったようだった。私はいっしょうけんめいに詩人のことを聞きだそうとしたのだが、彼ら、とくにマスケリーニの口調には、きみたち他国のものにサバの詩などわかるはずがないという、かたくなな思いこみ、ほとんど侮りのような響きがあった。また、他の客たちの口にするサバも、トリエステの名誉としてのサバであり、一方では、彼らの親しい友人としての日常のなかのサバであった。そのどちらもが、私をいらだたせた。私と夫が、貧しい暮しのなかで、宝石かなんぞのように、ページのうえに追い求め、築きあげていったサバの詩は、その夜、マスケリーニのうつくしいリヴィング・ルームには、まったく不在だった。こっちのサバがほんとうのサバだ。寝床に入ってからも、私は自分に向ってそう言いつづけた。

翌日、松林の中の彫刻家の家から、夏の太陽がまぶしく反射する坂道をタクシーで駅に向いながら、私は、このつぎに来るときは、ひとりで来ようと考えていた。だれを訪ねる、なにをするということでなくて、ただ、トリエステの道をひとりで歩いてみよう、トリエステの海を波止場に立って見よう……。

来たときとおなじように、切りたった断崖の道をヴェネツィアに向けて走る汽車の窓から、はるか下の岩にくだける白い波しぶきと、帆かげの点在する、サバ

の眼のように碧い海が、はてしなくひろがるのが見えた。ホメロスがジョイスが
そしてサバが愛したユリシーズの海が、夏の陽光のなかに燦《きら》めいていた。

思い出せなかった話

夫が死んで、一年とちょっとの月日が経《た》っていた。彼が逝《い》ったそのおなじ夏、重病をわずらった母をみとるため、十カ月ほど日本に帰っていたあと、私はもういちどイタリアで暮らしはじめていた。夫のいないミラノは、ふだんよりはやく秋がきたように思えた。

その日、私は、都心から家に帰ろうとして、いつものように35番の市電に乗った。昼さがりで、食事に帰宅する勤め人で電車は混んでいた。

電車が中央市場あとの公園をすこし過ぎたあたりまで来たとき、吊《つ》り革《かわ》につかまってぼんやり外を見ていた私のとなりに来た人が、おくさん、といきなり声をかけてきた。ふりむくと、褪《あ》せたような金色の髪をきちんとセットして、すばらしいキャメルのコートを着た恰幅《かっぷく》のよい女性が、私の顔をまっすぐにみつめている。四十すぎだろうか、ちょっと目をひくコートだった。あ、このひと、いったいだれだっけ、と思いめぐらすひまもなく、彼女は、ていねいに描いた眉をひそめて、うなるようにいった。ご主人がなくなったんですって。うかがって、びっくりしましたわ。

そもそも、35番の電車というのは、町はずれに建った市営住宅地が終点という、あまりぱっとしない路線だったから、彼女のコートも、品のいい身のこなしも、電車のなかではかなり異質だった。ありがとうございます。とっさに応《こた》えながら、電話帳を繰るように、私は夫がつとめていた書店の友人知人の顔をつぎつぎとあたまのなかで思いうかべてみたが、目のまえの彼女はそのどれにもあてはまらない。ずいぶん、とつぜんだったそうですのね。やさしい声で彼女は続けた。

ええ、返事をしながらも、私は、うわの空だった。どこかで会ったことがある、という印象さえもない。いったい、だれだったろう。こうして二、三の停留所を過ぎるあいだ、彼女は心のこもった挨拶をくりかえし、私を力づけ、それじゃあ、といいながら、ほんのりと香水の匂いを残して、グランディ広場で乗客をかきわけて降りて行った。

道ですれちがった人に挨拶されて、相手がだれかわからないことは、都会ではそれほどめずらしくないだろう。私にとっても、その日の出来事は特に変った事件といえるものではなかった。二十数年まえのことで、ミラノ在住の日本人は多くなかったから、私を知っている人のほうが、私が知っている人の数をはるかに超えていた。それでも気にかかったのは、私のからだのどこかに、名も素性もちゃんとおぼえているべきひとだ、という感じがうすい煙のようにたゆたっていたからに違いない。

夜、ベッドに入ってからも、私は彼女のことを考えていた。いったい、だれだったのだろう。あたまのなかのキーがカタカタと音をたてそうなほど考えぬいて、やっと思いついたのが、三月二十二日通りにある薬局のレジ係のリーナだった。彼女に最後に会ったのは、夫が死ぬ前の朝、医師に処方された頓服薬《とんぷくやく》を買いに行ったときだった。そうだ、彼女かもしれない。

三月二十二日通りは、私たちの家からほんの二、三分のところを通る電車道で、リーナがいる薬局は35番の市電が停《と》まる安全地帯のすぐまえにあった。ぴかぴかの真鍮《しんちゅう》の把手《とって》がついた重いドアを押して入ると、マホガニー色のカウンターが目のまえにそびえている。それだけで、客は緊張するのだったが、医者のような白衣を着た、中年をとっくにすぎているらしい、めがねをかけた(それは彼らが近視、あるいは老眼であったということでしかないのだが)けっして笑わぬ薬剤師がふたり、まるで城壁から首を突き出すようにして、その立派なカウンターごしに註文《ちゅうもん》をたずねると、もう客はしんなりするほど気おくれがした。

謹厳な彼らのかもしだす雰囲気を、和らげるとまではゆかずとも、どうにか辛抱できるものにしていたのが、レジ台のリーナだった。彼女の席は入口のドアの近くにあって、私が入っていくと、かならず、こんにちは、おくさん、とその店ではことさらに乏しかった笑顔で迎えてくれた。薬局に行く用事はめったにしかなかったけれど、いわば近所で少年時代をすごした夫や、その彼と結婚した日本人の私のことを、彼女がなんとなく知っていたとしても、ふしぎではなかった。

それにしても、たった一年、ミラノを離れていただけで、電車のなかで話しかけられて見分けられないほど忘れるということが、あり得るのだろうか。そういえば、私は毎日、新聞を買いにいったキオスクのおばさんに、家の近くの信号を渡っていて挨拶をされ、はてな、と訝《いぶか》ったことがあった。でもあれは、私がいつも店のなかから応対するおばさんの全身を、かついちども見たことがなかったからだった。薬局のリーナだって、レジ台を通してのほかは、話したこともない。だが、もうひとつ、難問があった。薬局のリーナとキャメルのコートは、どうやらあまりそぐわないように思えるのだ。この疑問にも、しかし、一度ならず、ミラノの勤労者のだれかれが、ふだんのつましい生活とはうらはらに意外な財産もちだったのを、なにかのきっかけで知って驚かされたという、これまでの経験にもとづいた答えがあった。とにかく、あしたの朝、薬局をもういちどのぞいて、あれがほんとうに彼女だったのかどうか、確かめてみよう。そう考えつくと、私はなんとなく安心して眠ってしまった。

薬局をのぞいたのは何日かあとのことだったが、私は自分の思い違いに唖然《あぜん》とした。レジのリーナは、金髪には相違なかったけれど、キャメル・コートの女性のとりすました感じは微塵《みじん》もなくて、エラスティック・ストッキングをはいてサンダルをつっかけた太い脚を、レジ台の横からぶらんぶらんさせていた。

いまもって、電車のなかの女性がだれだったか、思い出せない。それでも、目をつぶりさえすれば、夫の死をしんそこ悲しんでくれたあの女性の顔は、くっきり記憶に戻るのだ。

Z——。

彼女の故郷に私が行ったことがあるという、いわばなんでもないそのことが私をZ——にむすびつけた大きな理由のひとつだったかもしれない。復活祭の季節で、ミラノからモンブランのトンネルを抜けて、フランスにはいった。胸がいっぱいになるような浅い緑のなかを、私は有名なその地方のワイン・セラーをたずねたり、美術館を見て歩いたりした。まだそれとは知らないで、私は彼女の先祖がその地方一帯に持っていたという、ぶどう畑のなかを散歩していたのだった。

子供のとき親の選択で入学したミッション・スクールに、私はずるずると大学まで行ってしまったのだが、戦後、フランスから派遣されてきた最初で最後の修道女たちの、彼女はひとりだった。でも、私は彼女の授業をうけたことはなく、Zではじまる彼女の名字が、ワイン・セラーを意味するドイツ語からきているということも、そのころは知らなかった。

やがてはじぶんにとってあんなに大切な友人になった人と、いつ、どういった機会にことばを交わすようになったのかは、記憶にない。もしかしたら、じぶんが書いたフランス語の手紙を、彼女にチェックしてもらいに行ったのがきっかけだったかもしれない。いつのまにか、私たちは、会って話すと時間の経《た》つのを忘れるといった、心のかようともだちどうしになっていた。

六〇年代のおわりに、教会の改革方針にしたがって、修道女たちは、私たちがほんの子供だったころからずっと着ていた、そして、それがなければ修道女じゃなくなってしまうと私たちがかたく信じていた、ヴェールや長い裾《すそ》の修道服をぬいで、「ふつうの」服装をすることになった。彼女もさっぱりしたブラウスとスカートという「ふつうの」よそおいになったけれど、その「使用前・使用後」の時期の精神的な落差が、彼女の場合、すくなくとも私にはほとんど感じられなくて、そのことでも私は彼女を尊敬した。人生は、どうしても妥協するわけにいかない本質的に大切なものがすこしと、いいよ、いいよ、そんなことはどっちでも、で済むようなことがどっさり、とでなりたっていて、それを理性でひとつひとつ見きわめながら、どちらかをえらんでいくものだ、といった生き方を、あらためて、彼女のなかに見た気がしたのだった。

ある日、私が母校に用があって行ったかえり、校門までの桜並木を車で走っていると、前方を彼女が歩いていた。追いついて、車をとめ、よかったら乗りませんかとたずねると、彼女は、私の行く方向をたずね、じぶんが電車に乗る駅の近くを通ることがわかると、ありがとう、とうれしそうに車に乗ってきた。たった十分の道のりだけど、靴があわなくて足が痛いの、たすかるわ、といいながら。でも、私が車をとめた校門から駅まで、私の足だとすくなくも二十分はかかるから、そのことをいうと、彼女は笑った。アルザスでは、みんな歩き上手なのよ。それに、わたしは、せっかちですから。

そこに行ったのが、四月のはじめだったから、私のなかのアルザスは、いつも早春だ。リンゴの花もまだ咲いていなくて、村々の教会の塔がドイツふうにまるくふくらんだ、勾配《こうばい》と曲線ばかりのあの辺りの道を、若い彼女が風を切るようにして歩いている姿がふと見えたようだった。そのことをいうと、ええ、どこに行っても坂道ばかりだから、と、こんな話をしてくれた。いつだったか、姉が婚家先で病気になって、そのあいだ、私たちの家で生まれてまもない姪をあずかったことがあるのよ。ある朝、その子をのせた乳母車《うばぐるま》を押してそとに出て、ちょっと買物をしようと店に立ちよったのだけれど、手をはなしたとたん、乳母車が赤ん坊を入れたままで坂をすべりおちていって、青くなった。さいわい、通りがかった人がとめてくれたから、無事だったけれど。おじょうさん、たいへんなことになるところでしたよって、その男にこわい顔でにらまれたの。いま考えても、胸がどきどきする。

話しながら、彼女は遠いところを見る目をした。私も、そのころはまだ、ヨーロッパのことばかり考えていたから、春の日、友人たちと歩いたあかるいアルザスの丘の道の記憶を、まるで楽器の音を合わせるみたいに、彼女の話によりそわせた。もちろん、まだ葉の出ていない、褐色の針金のような低いぶどうの枝が、こまかいカールのように縮れてどこまでも丘の斜面を被《おお》っていて、土はもう春の匂いだった。

彼女が三十年も暮らしたアジアを離れてフランスに帰る決心をしたのは、もう、七十に手のとどくころだった。いまなら、まだ、自分の国に慣れることができるし、ひとの世話だってできる。元気なうちに、帰りたいのよ、と彼女は日本を去る理由を説明した。そのころ東京の修道院でたったひとりのフランス人だった彼女の孤独は、痛いほど理解できたし、その年齢になってもまだ、ひとの世話になるよりは、世話をしたいという気丈さに私は打たれて、反対はできなかった。アルザスのぶどうの蔓先《つるさき》みたいなくせのあるフランス人特有の筆づかいで、彼女は、リヨンのあたらしい住所を手帳に書いてくれた。

二年ほど経って、ミラノの義弟の家で夏をすごしていた私は、ある日、思い立ってリヨンの彼女をたずねることにした。急行列車で六時間たらず、長旅をしたことのない中学生になったばかりの甥《おい》に、となりの国を見せるためにもいい機会だった。

リヨンの駅に私たちを迎えてくれた彼女は、三年まえとすこしも変っていなかった。二十人ほどの老修道女たちの世話をしていて、その修道院に甥と私は泊めてもらった。兄夫婦が、孫たちと訪ねてはくれるけれど、だれよりも身内みたいな気がするのは、あなたよ。そういって、彼女はこまごまと私たちの面倒をみてくれた。

大聖堂をおとずれたあと、私たちは、ケーブルカーで登ったフルヴィエールの丘から、リヨンの市街をつつむようにして流れるソーヌ川とローヌ川の合流点を眺めた。ヨーロッパ随一といわれる絹の博物館で、大昔のシナから輸入されたという見事な織物に感心したり、古代ローマの遺跡に足をのばしたり、中二日《なかふつか》の滞在予定はまたたくまにすぎた。きょうは出発という日には、三人でちょっと贅沢《ぜいたく》なレストランに行った。

彼女の訃報《ふほう》がとどいたのは、それから一年ほど経ったある夏の日で、遠いところにいるじぶんが、もどかしかった。その夏のはじめ、彼女からもらった長い手紙に、返事を書かなければ、と思いつづけていた、そのなかのことでもあった。じぶんの怠慢で、彼女にあげられたかもしれない最後のよろこびをひとつ、だめな野球選手みたいに渡しそこねてしまった、そう思うと、なんとも口惜《くちお》しかった。彼女はだれか病気の友人を見舞いに行くためにバスを待っていて、停留所で倒れ、そのまま病院に運ばれて、なくなったのだった。

いつかもういちど、アルザスをたずねたいと思う。あの起伏の多い丘のぶどう畑の道を、こんどは彼女のことを考えながら歩きたいと、思う。

チェザレの家

会ったこともない人のところで、おまえ、よく泊めてもらったわねえ。人みしりがきつかった母に話したら、きっとそういってあきれたにちがいない。からだになじまない腰高の古風なベッドで目をさまし、すぐ横の壁にかかった、なにやら薄気味わるい図柄のアクワフォルテ（腐食銅版画）をにらみながら、私は、声に出してつぶやいてみた。ママじゃあるまいし。でも、私だってその人に会うまでは、ずいぶん不安だったわ。

足もとの、部屋の広さにしては小さい、いかにもトスカーナらしいグリーンの枠にふちどられた窓からは、おぼつかない朝の光が流れ込んでいて、まだみんな眠っているのだろう、広い屋敷のなかはひっそりとしていた。窓の外には、きのう、この家の主人である評論家のチェザレが私たち泊り客を案内しながらこの部屋をまず私にわりあててくれたとき、そっとたしかめておいた、いちめんの緑、そのむこうには、頂きに季節はずれの雪を思わせる白い大理石の縞《しま》もようを刻んだカマイオーレの山々が、朝の太陽を浴びて薔薇色《ばらいろ》にかがやいているはずだった。

ローマにいる友人のPがめずらしく電話をかけてきたのは、東京を出るほんの五日ほどまえのことだった。きみのために、ぼくたちですてきな計画をたてているんだけど。彼がいった。え、ぼくたちって？　私はきょとんとした。今年こそは、仕事ぬきの「純然たる」休暇をすごしてこよう。そう考えてイタリアでのふやけた十日間を思い描いていたから、友人が「私のために計画をたてている」と聞いただけで、たちまち気持が萎《な》えた。おねがい。私のために計画なんて、たてないで。

わかってるよ。不意をつかれてとまどった私の気持をいちはやく察した友人は、彼らしい辛抱づよさでたんたんと話をつづけた。ぼくたちっていうのは、ぼくと大学の同僚のレオネッティ、きみは会ったことないけれど、いいやつです。まず、七月の三十一日、講演をたのまれたので、ぼくたちはトスカーナ海岸のV町に行く。その集まりにきみも出てくれませんか。その晩は市の招待で海辺のホテルに泊まって、翌日はチェザレ・Gがいなかの家で待ってるからみんなで来ないかって。町からはタクシーで行ける距離です。三人とも、うちに泊まればいいって、彼はいってます。どう思う?

最初の五日はローマでぶらぶらして、六日目にヴェローナまで飛行機で行って、北イタリアの義弟たちをたずねよう。ずっとそう考えていたから、私は、唐突な彼らの招待を、すんなりと受けられなかった。なによりも荷物のことがある。ローマからトスカーナ海岸の町までは列車、チェザレ・Gの家に寄るのはまあいいとして、そこからまた鉄道で(たぶん、フィレンツェで乗りかえて)ヴェローナまで行かなければならない。大きなスーツケースをもてあましながら、いくつかの駅の(日本ほどではないにしても)階段と、とくに列車の入口の高い踏み段をよじ登ろうと格闘するのを考えると、どうしてもこの誘いはことわりたかった。

それでいて、チェザレに会う、いや、彼の親友でもあったギンズブルグの訳者《やくしゃ》というほかは、なんの関わりもない私を、わざわざチェザレが家に招いてくれるというのは、なんともうれしかった。彼が書いたものは、ここ数年来、私は読んでいたから、いちど会って話をきいてみたいような、漠然としたのぞみは、たしかにあった。だが、同時に、一面識もない彼の家にいきなり行って、泊めてもらうというのは、ひどく気づまりなことであるのに変りはなかった。そもそも、チェザレがどんな外見の人であるのかさえ、私にはかいもく見当がつかなかったのだから。

荷物はぜんぶぼくが持ちます。長距離電話のむこうで、Pがいさましく張り切った。翌日は、かならず、フィレンツェまで送っていくから、心配しないでください。ただ、ぼくたちのたてた計画にふんわり乗ってくれれば、それでいいんです。

チェザレ・Gの文章に私が惹《ひ》かれていたのには、文学あるいは仕事の面を超えた、私にとっては大切な理由があった。

そのひとつは、こんなことだ。一九九一年の春、作家のナタリア・ギンズブルグを最後にローマの家にたずねた日、私のいるまえに彼が電話をかけてきて、ナタリアは、いま考えると本人には告げられていなかった病気のためのおぼつかない手つきで携帯電話を耳にあて、ながいこと話しこんだのだった。もちろん、彼女がだれと話しているのかを、私は知る由もなかった。ただ、思いがけないナタリアのすこし甘えたような相手への口調に、外国人の私にはとても入り込めない親しみの濃さが感じられて、意味もなく私はその相手に嫉妬《しっと》したのだった。

ごめんなさい。手もちぶさたに話が終るのを待っていた私に、ナタリアはあやまった。いまの相手は、G、ええ、評論家のチェザレ・Gだったの。あすの晩、フィレンツェの近くで講演をするから、私にも来ないかって。

チェザレの名を聞いて、私は一瞬、手がつめたくなる気持だった。前日の晩、アルジェンティーナ広場の書店で買ったモンダドーリ社版のギンズブルグ作品集への、彼が書いたすばらしい序文を、私は読んだばかりだったからだ。ざっというと、序文は、こんないいわけではじまっていた。

「ナタリアと私は長年の親しい友人なので、友人が友人の作家の作品について書くのは、それ自体、危険でむずかしいことだ。そればかりか、私は、これを書くことになるまで、ナタリアとはしじゅう会って話していながら、彼女の作品をぜんぶ読んでいたわけではないのだから」

少々、はぐらかされて、読者はびっくりする。でも、気をとりなおして読みすすんだところで、こんなエピソードがもちだされる。戦争が終ってまもなく、彼が高校に復帰したころのある日、ぐうぜんに開いた文芸誌にナタリアの詩が出ていた。それは、そのころ学校で教わった古典的なイタリアの韻律にはなじまない自由詩で、彼の耳には、はっきりと規則にそぐわない、まずい詩にひびいたという。「lenzuoli みたいにやたらと長い」その詩に、しかし、十六歳だったチェザレ少年はつよく動かされた。その詩の底を流れる、悲しみにもかかわらず、多くの悲しみをうたった詩が不毛であるのとは対照的な、作者のいさぎよい姿勢のようなものが、彼をとらえたのだった。

(この lenzuoli という言葉に私はひっかかった。これは男性複数の語尾になっているけれど、ふつう、「シーツ」を意味するこの語の複数は、どの辞書をひいても、ラテン語の中性名詞ふうに、lenzuola となっている。それに「シーツ」みたいに長い、というのはどういうことだろう。トスカーナの古い表現にあるのだろうか。でもどうしてか私には、チェザレが、シーツではなくて、この語のもうひとつの意味である「屍布《しふ》」、西洋の古い絵などに(ミイラの場合にも)出てくる、死んだ人をぐるぐる巻く、包帯のような布ではないかと思えてしかたない。

それならかなり長いはずだし、それに、だれかの詩が屍布みたいに長かった、という形容は、なかなかしゃれている。ナタリアが聞いたら、きっとおもしろがるだろう、という男の人のコケトリーみたいにさえひびくのだ）この詩は、私もなんどか目にしたことがあって（ナタリアが生前、作品をえらんだ、モンダドーリ版の作品集には入っていない。彼女が入れたがらなかったからだ）、覚えていた。たしかに長いけれど、長さよりも、チェザレ・Gも触れているように、

「男らは家を出て、また帰る、食物を、新聞を買って」

というルフランの部分が、はじめて読んだとき、私の胸に刺さった。チェザレも書いているように、詩がだれのために書かれたかは、どこにも記されていないが、ルフランでうたわれる（当時、ギンズブルグ一家が流刑を宣告されて軟禁されていた南イタリアの風習にしたがって）日々の買物に出かける男たちのなかに、ナタリアの夫レオーネのすがたがないことを、読者は知っている。そのおなじ年の二月に、レオーネがローマの牢獄で拷問のすえ、ナチの手で惨殺されたことを、編集者が欄外に記している。長い詩は、Gが「預言者エレミアの嘆きにも似た」

と形容するように、ナタリアが夫にささげる哀悼の歌だから、とチェザレ・Gは、つづける。

「一九四四年の十二月は、ギンズブルグにとって、凍《い》てつく寒気が、夜とともにやってくるときが日々の始まりだった。明りが灯《とも》り、街は生気をとりもどし、世界が生きかえり、恐怖と暗黒が熄《や》み、〈男らは家を出て、また帰る、食物を、新聞を買って〉。でも、彼女の家だけが毀《こわ》れ、彼女だけが、闇と氷にかこまれてひとり歩いている」と。

レオーネの不在を埋め、毀《こぼ》たれ、傷ついた家族を癒《いや》してくれるのが、日常のいとなみをおいて他にないことを、女であるギンズブルグの肉体は知っていた、ともチェザレは書いている。いよいよ本題、すなわちギンズブルグの作品論に入るのかと思ったところで、もういちど、序文はわき道にそれ、チェザレが少年のころ、両親が家のひと部屋にかくまっていたユダヤ人の老女、セグレさんの話をゆっくりと語る。白いちぢれ髪、アンゴラ毛糸の白いカーディガン、白い木綿の靴下、白い靴、白く塗った鉄の寝台、白く塗ったチェスト。白につつまれて、彼女はひっそりと暮らしていた。

序文の読み手は、白い老女のユダヤ人、セグレさんとナタリアの作品がどうつながるのか、とまどう。セグレさんの話はおもしろいのだが、チェザレは読者をどこに連れていこうとしているのか。ナタリアの作品への序文は、いったいどうなったのか。すこし不安になりかけたところで、なぞはぱらりと解ける。もともとロシアからの難民だったセグレさん一家は、死んだナタリアの夫レオーネがまだ少年で家族といっしょにロシアにいたころからの知合いだったのだ。そして、序文は、まるで、書きはじめの部分がいちばんつらい、とでもいうように、いやもしかすると、文芸作品の分析という、とかく抽象論におちいりやすい文章を、しっかりと日常のことばのなかに留《とど》めておこうとするかのように、数ページにわたる数々のエピソードを挿入することで、著者は作家の背景を読者に、そして自分と作家のつながりを（小説的に）読者に紹介したうえで、本題、ナタリアの作品の分析にとりかかるのだった。

その方法が私には、新鮮でユニークに思えた。日常に背をむけてしかもその日常を背おいながら文学に入る瞬間の、あのうしろめたさやはにかみのようなものを、この人は隠喩《いんゆ》をつらねて文章にしていると思えた。

あるところで序文は、「人生そのものを、すこしずつ密度を高めながら、ことばにあらわせない究極のものになぞらえようとする」というパンパローニのギンズブルグ論を引用し、そのあと、ナタリアの文学をこんなふうにも定義していた。「こういった〈なぞらえ〉は、この詩人が小説にたいして抱いている郷愁（イメージ）をあらわし、とりもなおさず、それはまた、生活そのものや、じぶん自身を、あの魔法の光にあてたいという夢をあらわし、さらに、まるで肌を太陽で灼《や》くように、じぶんをその光にさらす夢なのだ」

さらに、序文の書き手は、ナタリアの（彼女が世に出るきっかけとなった）自伝的作品について彼女自身が書いた、「小説はすでに書かれていた、それに存在をあたえるためには、それにかたちと肉を与えるためには、それ〔すでに書かれているもの〕を〈道具として使〉えばいいのだということを、私はさとった」というコメントを引用する。そして、いう。作者は、それまで小説は書くものだと信じていた。が、あるとき「読むように」書けばいいのだと考えつき、それが彼女のあたらしい文体の発見につながったのだろう。

緑の枝をひろげた一本の樹木に気をとられて魔法の森に入ってしまうおとぎ話

の旅人のように、読者は、知らぬまにギンズブルグ論の中核にさそいこまれていることに気づき、さらにナタリアが「読むように」小説を書いたのとおなじように、チェザレの評論も、これを模した手法で書かれていることに、気づく。

図書館みたいに中二階にまで書棚をめぐらせた宏壮《こうそう》なギンズブルグの客間で、それが彼女とことばを交わす最後の時間になるのも知らないで、私は、前夜、ぐうぜん手にした序文の著者が、電話のむこうにいることに、感動をおぼえた。そして、ナタリアの文学の本質を、なによりも彼女にふさわしい文体でするどくいあてたこの評論家にいつか会ってみたい気がした。それはちょうど、友人のPが書いた小さな評論が、チェザレの目にとまり、トスカーナの屋敷に友人がたずねて行ったのと、ほぼおなじ時期のことだった。が、どんな人だった？とたずねても、すごく親切ですばらしい人だったというだけで、あまり要領を得なかった。

ローマからの鉄道の旅も海辺の町での講演会も無事に終り、私たちはその日、おそい朝食のあと、パリから戻ってくるというチェザレが家に着くのを待って、海沿いの大通りを散歩した。かんかん照りの太陽の下を、前夜の会合に集まった人たちの話をしたり、そのあとの会食でぐうぜん問題になったギンズブルグの文体を論じあったりしながらも、私は、その晩、知らない人の家に行って泊まることへの不安に、がんじがらめになっていた。私まで行ってしまって、ほんとうにだいじょうぶなの、とうるさく念を押す私に、「とてつもなく大きい家だから、客が泊まる部屋なんて数えきれないほどある」とPが説明して、私のわだかまりを解こうとした。彼のいうような広大な古い屋敷にひとり暮らしていて、ああいう文章を書いたり、イタリアでは重要な文学賞の審査委員長をつとめたり、そうかと思うと十六世紀の無名の劇作家の手稿を整理するためパリの国立図書館で仕事をしたりする人物が、いったいどんなかたちで、どんな顔をして私のまえに立ちあらわれるのか、考えが考えを生んで、私はすこし青ざめていたかもしれない。山すその村はずれにある彼の家をめざして、トスカーナにしては平ったい田園風景のなかを走るタクシーのなかで心細がる私を見て、冒険にみちた小旅行を計画してくれた若い友人たちは笑った。

固いベッドのなかで、私は、道路に沿ったG家の鉄門にタクシーが着いてからのことを、あたまのなかで反芻《はんすう》した。

古い荘園《しょうえん》のように建物が配置された、いちめんが緑の領地に建つ白壁の宏壮な屋敷の、ひんやりとした玄関でGは私たちを待ちわびていた。会いたかった、と大きな手をさしだし、私たちひとりひとりの肩をつつみこむように抱きしめる、背のたかい、骨格のがっしりした、考えていたよりはずっと老人にみえる彼が、それまで私が想像していた人物、ある意味では功なり名とげた、満足や落ち着きを身につけた人物とは似ても似つかないことに私はまず愕然《がくぜん》とし、彼の発散する詩人のような自由さに深い安堵《あんど》をおぼえた。今夜、私が夜の時間をすごす場所は、世界中をさがしても、この場所をおいて他にありえないと思わせてしまうなにかを、チェザレからも、どの部屋でも壁という壁が本棚で埋まった(クッキーの壁、チョコレートの屋根瓦《やねがわら》、というヘンゼルとグレーテルが行きついた魔法の家は、たいへんな隠喩だった)彼の家からも、私はしずかな音楽のように受けとり、なぐさめられた。Pがローマからかけてきた電話でいったように、たしかにとてつもなく広い家ではあったけれど、そのことがすこしも威圧的でないのが、考えてみれば奇妙でもあった。二階に案内されて、ひとりひとりに部屋がわりあてられ、それぞれがベッドの準備をすませると、私たちは階下の居間にあつまった。ひとしきりめいめいの近況を告げあうと、締切があるから、となにやら聞きなれたフレーズを残して、チェザレは家のどの部分かに消えた。私たちが、それぞれ勤めている大学の話や、学生のこと、最近あるいはずっと以前に読んだ本の話などに没頭していると、いつのまにかチェザレが彼の椅子にかけていて、話題はごく自然に彼が研究しているモリエールの時代に移り、そこから翻訳のありかたに、あるいは文体の話に、さらにどこそこの図書館の批判あるいは評価から、文学賞の予想へと移った。電話がかかって、チェザレがこれも書棚にかこまれた隣室で話しこむ声がくぐもって聞こえたりした。それをなんどか繰りかえすうちに、日はしずかに暮れていった。庭の木立の最後の蟬《せみ》が鳴きやむころ、だれかが明りをともすと、家に夜が来た。

　私たちは夜の冷気のなかに出かけた。暗い山道を二十分ほど歩くと、うそのような場所ににぎやかなネオンのついたレストランがあった。それぞれが好きなものを注文して、デザートだけ、チェザレがこれにしようといった。ポロンポロンというおかしな名がついていて、注文をとりにきた店の主人にどんな味がするかとたずねると、彼はこたえた。子供のときの味です。ポロンポロンは、ふんわりと粉砂糖をまぶした揚げ菓子で、口にいれるとぺしゃんとつぶれた。つぶれる感じが、ほんとうに子供のとき、子供のときのすべてに似ていた。

固いベッドのなかで、いつのまにか窓の外でさえずりはじめた小鳥の声を聴きながら、私は考えた。もしかしたら、友人のPが東京に電話をかけてきたのも、ローマから彼に伴われて鉄道の旅をしたのも、菫色《すみれいろ》の夕暮れに山肌の大理石が薔薇色に染まったのを見たのも、そして、きのうの午後、タクシーに乗って山すそのGの家にやってきたことも、居間でながいことしゃべりあってから、暗い道を歩いてポロンポロンを食べさせたレストランに行ったことも、ぜんぶ、夢だったのではないか。ベッドを降りて、ドアを開けたとたんに、なにもかもが霧のように消えて、はだしのまま、私は冷たい風の吹く野原に立っているのではないか。だれかが起きて呼びにくるまで、ぜったい固いベッドを離れないほうがよさそうだった。

ある日、会って……

一年とちょっとぶりで、イタリアに行こうと決めた。約束の期日に間にあわせられるかどうか、気ばかりあせる仕事をいくつもかかえる毎日で、こんなことをしていてはロクなことにならないと、まるで自分の時間に急ブレーキをかけるようにして、旅を思い立ったのだった。会いたい人たちにだけ会って、話したいことだけ話して、さっぱりして帰ってこよう。

出発の日が来て、私は、例によって旅立ちの不安（バスは定時に空港に着くだろうか、パスポートはちゃんと持っているだろうか、家の戸締りはあれでよかったか、ローマの空港では友人が電話で話したとおり待っていてくれるだろうか）にくしゃくしゃになりながら、朝早いターミナルにいた。

空港までのリムジン・バスを待つ列に、たぶんうっとうしい顔をして並んでいた私のすぐまえで、少年がふたり、こちらは旅行に出ることがただうれしいのだろう、仔犬《こいぬ》みたいにはしゃいで、追いかけあっては捕まえっこをしていた。十一、二歳といったところだろうか、Tシャツに半ズボンという簡単な服装の、手足がすらりと伸びた動作のうつくしい少年たちで、そのことがまず私の注意をとらえたのだった。見るともなく見ていると、少年たちはどうやらふたごらしい。おなじ服装というのではないが、ふたりの動くリズムが、まるでこころよい音楽のようにぴったりと合っている。それに、どこかひよわそうなところがありながら、いや、そのひよわい感じのせいなのかもしれない、ふたりにはなにか見るものの目をひきつけるふしぎな魅力があった。いったいこれはどういうことだろう。旅立ちの不安も忘れて、私はその少年たちに見とれた。そして、彼らが手話でふざけあっているのに気づいた。

少年たちの姉さんなのだろう、三、四歳年長と思われるすらりと背のたかい少女が、これも手話で、いっときもじっとしていない弟たちをたしなめている、その三人のなぜか初々《ういうい》しい自然さに、私はそのまま彼らの世界に吸いこまれていった。

そのうち、少年のひとりが相手をかわそうとして足で触れた小型のリュックが、私の足もとにころんと倒れてきた。リュックは、一目でそれとわかる当今はやりのイタリア・ブランドで、私には、万国旗をおもわせるあかるいその色彩が、このきょうだいたちがいま始めようとしている旅へのときめきをきっちりと表現しているように思えて、ちょっと足をひっこめただけだった。すると、私の足もとにころがったリュックを手でおこしながら、少女が、ちいさな声でいった。ごめんなさい、いたずらな子たちで。彼女は、髪に手をやりながら、私にそうあやまると、弟たちには手話で、こんなことをして、とでもいってるのだろう、ゆびさきに力をこめて話しかけている。リュックをころがしてしまった少年は、せつなそうに頬《ほお》をあからめて、私から目をそらせた。

やがて時間どおりにバスが来て私たちは乗りこんだのだが、そのときはじめて、私は彼ら三人の母親らしい人がいるのに気づいた。バスのなかでは、まるで耳のきこえない少年たちをかばうように、姉娘がひとりの少年と、そしてきれいな横顔の姉娘によく似た細おもての、四十そこそこかと思われる女性がもうひとりの少年と、通路をはさんで、ふたりずつの席をとったからだった。彼らの席が私のすぐまえだったので、そのときはじめて、母親のよこにすわった少年が、すこしは聴力があるのだろうか、耳のうしろに小さな補聴器をつけているのがわかった。バスが高速道路を走りはじめてからも、四人の家族は、まるで目には見えない機《はた》を織るように、素早く手先をうごかし、あかるい陽《ひ》のひかりをとおすレースのようにゆびをからみあわせては、たのしげに会話をつづけていた。生まれてはじめて手話を見る気持で、私は、みごとな四人の会話を（じぶんではなにひとつ解読できないまま）目で追った。

彼らの手の動きが、なみはずれてうつくしいことに気づいたのは、かなりな時間がたってからだったように思う。母親の手の動きはちいさくて、やさしく、娘の手はひらひらと蝶《ちょう》のように舞う。少年たちのは、元気がよくて、大きく左右に振れる。どこの家庭にもあるように、きっと彼らだけに通用することばや感情も、いくつか、この手の動きで表現されているにちがいない。そして、私が彼らの話に見とれていたのが、彼らが手話で話していることのめずらしさから、というのではなくて、手からはじまり、からだぜんたいにそれをつたえるようにする、そのしぐさの、音楽的な、といっていい華やぎに、ちょうど声のきれいなひとの会話に耳をかたむけるように見入っていることに気づいたとき、私のまえにこれまで知らなかったあたらしい世界がひらけた思いだった。

手話、といういわば非常の手段を、こんなにも愉《たの》しげに、こんなにも人まえで気持よく使いこなせるこどもたちの背後には、しっかりとした日常の心づかい、たとえば靴を脱いだらちゃんとそろえなさい、そんな大きな声でおかあさんを呼ばなくても、ちゃんときいてますよ、といった人間ぜんたいとしての感性のようなものが、たぶんこの母親らしい女性によって少年たちに伝えられ、みがかれていったのではないかと思いあたって、私は、彼女のうしろ姿をもういちど眺めた。

高熱がつづいたのだろうか、それとも先天性のものだったのか、いずれにせよ、ふたごで生まれた赤ん坊たちの聴力が、ほかの子のようには機能しないとわかったとき、このひとはどんな暗い淵《ふち》をのぞいたことだったろう。それから立ちあがるのに、どれほどの時間がすぎたのだったか。こんなに肩をはらない、ふつうの姿勢で、しかも自分の人間としての豊かさをぜんぶこどもたちに伝えられるようになったのには、どんなきっかけがあったのだろうか。それとも、すべては小さな毎日のつみかさねにすぎないのだろうか。タイヤの音をひびかせて走るバスのなかで、母親らしい、ものしずかな女性のうしろ姿を見ながら、私はこれまで歩いてきた彼女の日々を思いやった。こうやって、耳のきこえないふたりの息子たちの面倒を、半分は姉娘に見させながら旅に出ることができるようになるまでの彼女の時間が、いまの彼女のしずかさとやさしい指と手の動きが、私にはかぎりなく大切なものに思えた。

バスが空港に着くと、うつくしい家族は私の降りるのよりひとつまえのウィングで降りていった。少年のリュックがイタリアのデザインだったので、うかつにもずっと旅がいっしょと思いこんでいた私はなにやらがっかりしたけれど、自分の旅立ちまでが彼らに祝福された気分だった。

III

塩一トンの読書

「ひとりの人を理解するまでには、すくなくも、一トンの塩をいっしょに舐《な》めなければだめなのよ」

ミラノで結婚してまもないころ、これといった深い考えもなく夫と知人のうわさをしていた私にむかって、姑《しゅうとめ》がいきなりこんなことをいった。とっさに喩《たと》えの意味がわからなくてきょとんとした私に、姑は、自分も若いころ姑から聞いたのだといって、こう説明してくれた。

一トンの塩をいっしょに舐めるっていうのはね、うれしいことや、かなしいことを、いろいろといっしょに経験するという意味なのよ。塩なんてたくさん使うものではないから、一トンというのはたいへんな量でしょう。それを舐めつくすには、長い長い時間がかかる。まあいってみれば、気が遠くなるほど長いことつきあっても、人間はなかなか理解しつくせないものだって、そんなことをいうのではないかしら。

他愛《たわい》ないうわさ話のさいちゅうに、姑がまじめな顔をしてこんな喩えを持ち出したものだから、新婚の日々をうわの空で暮らしていた私たちのことを、人生って、そんな生易しいものじゃないんだよ、とやんわり釘《くぎ》をさされたのかと、そのときはひやりとしたが、月日が経《た》つうちに、彼女がこの喩えを、折に触れ、ときには微妙にニュアンスをずらせて用いることに気づいた。塩をいっしょに舐める、というのが、苦労をともにする、という意味で「塩」が強調されることもあり、はじめて聞いたときのように、「一トンの」という塩の量が、喩えのポイントになったりした。

文学で古典といわれる作品を読んでいて、ふと、いまでもこの塩の話を思い出すことがある。この場合、相手は書物で、人間ではないのだから、「塩をいっしょに舐める」というのもちょっとおかしいのだけれど、すみからすみまで理解しつくすことの難しさにおいてなら、本、とくに古典とのつきあいは、人間どうしの関係に似ているかもしれない。読むたびに、それまで気がつかなかった、あたらしい面がそういった本にはかくされていて、ああこんなことが書いてあったのか、と新鮮なおどろきに出会いつづける。

長いことつきあっている人でも、なにかの拍子に、あっと思うようなことがあって衝撃をうけるように、古典には、目に見えない無数の襞《ひだ》が隠されていて、読み返すたびに、それまで見えなかった襞がふいに見えてくることがある。しかも、一トンの塩とおなじで、その襞は、相手を理解したいと思いつづける人間にだけ、ほんの少しずつ、開かれる。イタリアの作家カルヴィーノは、こんなふうに書いている。

「古典とは、その本についてあまりいろいろ人から聞いたので、すっかり知っているつもりになっていながら、いざ自分で読んでみると、これこそは、あたらしい、予想を上まわる、かつてだれも書いたことのない作品と思える、そんな書物のことだ」

「自分で読んでみる」という、私たちの側からの積極的な行為を、書物はだまって待っている。現代社会に暮らす私たちは、本についての情報に接する機会にはあきれるほどめぐまれていて、だれにも「あの本のことなら知っている」と思う本が何冊かあるだろう。ところが、ある本「についての」知識を、いつのまにか「じっさいに読んだ」経験とすりかえて、私たちは、その本を読むことよりも、「それについての知識」をてっとり早く入手することで、お茶を濁しすぎているのではないか。ときには、部分の抜粋だけを読んで、全体を読んだ気になってしまうこともあって、「本」は、ないがしろにされたままだ。相手を直接知らないことには、恋がはじまらないように、本はまず、そのもの自体を読まなければ、なにもはじまらない。

さらに、こんなこともいえるかもしれない。私たちは、詩や小説の「すじ」だけを知ろうとして、それが「どんなふうに」書かれているかを自分で把握する手間をはぶくことが多すぎないか。たとえば漱石《そうせき》の『吾輩《わがはい》は猫《ねこ》である』を、すじだけで語ってしまったら、作者がじっさいに力を入れたところを、きれいに無視するのだから、ずいぶん貧弱な愉《たの》しみしか味わえないだろう。おなじことはどの古典作品についてもいえる。読書の愉しみとは、ほかでもない、この「どのように」を味わうことにあるのだから。

カルヴィーノのいうように、「読んだつもり」になっていた本をじっさいに読んで、そのあたらしさにおどろくこともすばらしいが、ずっと以前に読んで、こうだと思っていた本を読み返してみて、まえに読んだときとはすっかり印象が違って、それがなんともうれしいことがある。それは、年月のうちに、読み手自身が変るからで、子供のときには喧嘩《けんか》したり、相手に無関心だったりしたのに、おとなになってから、なにかのきっかけで、深い親しみをもつようになる友人に似ている。一トンの塩を舐めるうちに、ある書物がかけがえのない友人になるのだ。そして、すぐれた本ほど、まるで読み手といっしょに成長したのではないかと思えるくらい、読み手の受容度が高く、あるいは広くなった分だけ、あたらしい顔でこたえてくれる。それは、人生の経験がよりゆたかになったせいのこともあり、語学や、レトリックや文学史や小説作法といった、読むための技術をより多く身につけたせいのこともある。古典があたらしい襞を開いてくれないのは、読み手が人間的に成長していないか、いつまでも素手で本に挑もうとするからだろう。

学生のころ、古典だからという理由だけのために、まるで薬でも飲むようにして翻訳で読み、感動もなにもなかったウェルギリウスの叙事詩《じょじし》『アエネイス』を、ほとんど一語一語、辞書をひきながらではあってもラテン語で読めるようになって、たとえば、この詩人しか使わないといわれる形容詞や副詞や修辞法が、一行をすっくと立ちあがらせているのを理解したときの感動は、ぜったいに忘れられない。

「こんなふうにも読めるし、あんなふうにも読めるから、ほんとうはどういう意味なのかわからない。だから本はむずかしいのよね」

一トンの塩の話をしてくれた姑は、よく私たちにこういって、「素手」でしか本を読めない自分をせつながった。ミラノを東に一〇〇キロほど行ったあたり、ブレーシャ市の在《ざい》のまずしい農家に生まれて、小学校へもろくに行けなかった彼女は、それでも、しんそこ読書の好きな人だった。私がたずねて行くと、つくろい物をしていないときは、食事のあとクロスをとった、木目のみえる古いキッチンのテーブルいっぱいに本や新聞をひろげて、まるで片端から食べてしまいそうな勢いでつぎつぎと読んでいた。ほんとうは、フォトロマンゾ（日本語なら「写真小説」というところ）が好きだったのを、私の手まえはずかしがっていて、そのことをかくしていたから、私はながいことそれを知らなかったのだが、これは、センチメンタルなラブ・ストーリーや、離ればなれになっていた実の親子が再会するまでといったていの、いずれも安直にロマンスめいた物語が、安っぽい写真と手書きふうのキャプションで語られる、モノクロのグラビアで、ちゃんとした本屋には売ってなくて、街角のキオスクで毎週、新しいのを買う。

姑が「こんなふうにも読めるし、あんなふうにも読める」といって悩んでいたのは、このフォトロマンゾではなくて、息子の勤め先の書店で売っているような「ほんもの」の小説のことで、そのなかには、彼の友人で、まだ無名のころ姑のところにもよく食事にやってきた作家のエリオ・ヴィットリーニの、シュールとネオ・リアリズムが奇妙にまざった、そのころ、もてはやされた作品もあった。「あんないい子なのに」と姑はまるで家に来なくなったヴィットリーニのことを思い出してよくいった。「書くものは、むずかしいばかりで、さっぱりわからない」

わからないといいながらも、姑は読むことそのものが好きなので、昼食のあと、息子がちょっと横になりに寝室に行っているあいだなど、大きなためいきを連発しながら、古い本棚から抜きだしてきた「小説」を読んでいることがあった。フォトロマンゾや小説類はむさぼるように読んでいた姑だったが、映画俳優や王家の人たちやプレイ・ボーイの写真がたくさん載っている、鉄道官舎の彼女の隣人たちがまわし読みにしているたぐいのスキャンダル雑誌を、彼女はけっして読まなかった。ほんとうのことかもしれないような話は、うそかもしれないから、おもしろくないのよ、といって。

「こんなふうにも読めるし、あんなふうにも読めるから、いい小説なんだよ」

夫がそういうと、姑は、勝手なことをいって、おまえのいうことなんてぜんぜん信用するものか、という顔をしたけれど、書店に出かける息子を送り出すときの彼女は、かがやいていた。

その姑も、そして夫も、じっくりいっしょに一トンの塩を舐めるひまもなく、はやばやと逝《い》ってしまった。

本のそとの「物語」

本を読んで、というのではなくて、私たちは、子供のころから、じつにいろいろな方法で、本のそとでおぼえた物語を自分のなかに貯《た》めている。先年死んだ五つちがいの弟が小さいときは、寝入るまで私もよこに寝ころんで、いろいろな話をしてやった記憶がある。弟が三歳のとき、こちらは八歳だから、ずいぶんたよりない語り手なのだけれど、自分では結構、権威あるもののように思っていて、いいかげんなおとぎ話をつぎつぎにでっちあげては、話した。弟はだまって聴いていたが、リフレインというのか、センテンスの終りのところで、おなじフレーズが繰り返される部分を、息をつめるようにして待っていて、そこにくると、うれしそうに、自分も声をはりあげた。モモタロウのドンブラコッコ、スッコッコなどは、彼のおはこだったが、たとえば、カチカチ山の話に元来はそこにない川を流して、モモタロウのドンブラコッコを入れたりすると、弟は、だめよォ、そんなの、と言って抗議した。上が姉ふたりだったから、彼は学校にあがるまで、おんな言葉だった。

弟のことはこうして憶《おぼ》えているのに、自分がだれかに話をしてもらった記憶はあまりない。母は家事で忙殺されていたから、そんなひまがなかったにしても、ふたりいた叔母《おば》たちが、きっと、話を聞かせてくれたはずだ。それなのに、そんな情景はひとつも思い出せない。もしかすると、あまり物語をしない家族だったのかも知れない。

岡本という、私たちの家のあったところから電車で停留所二つ目のところに、母の姉が住んでいて、その伯母《おば》の娘、私たちにとっては年の離れたいとこが、お話の名人だった。遊びに行くと、いつも低い裁ち台のまえでお裁縫をしていたが、私と妹は、おかまいなしにお話をねだった。おねえちゃんは、お仕事があるから、おじゃまをしてはだめよ、と母は気をつかってたしなめたが、私たちはその伯母の家にいくと、彼女にくっついて離れなかった。

いとこのことを、母はいつも、直ちゃんは声がきれいだと言っていた。私たちは、彼女の、くりくりした目もかわいらしくてすてきだと思っていたので、それをいうと、母は、どうして、あんなビックリ目がいいの、と笑った。ほんとうは、母の目に似ていた。でも、声がきれいだということについては、双方異論はなくて、おとなになったら、直子ねえさんみたいな声になりたいと思っていた。

そのきれいな声で、いとこはグリムの話をしてくれた。私たちの家には、あまり西洋の話がなかったから、いとこのグリムをきくと、私たちは半分、西洋に行った気分になった。なかでも彼女の話してくれる白雪姫が圧巻で、カガミ、カガミ、世界デダレガイチバンウツクシイ？　と彼女が透きとおった声でいうと、私たちは、うっとりして、われを忘れた。お話のさいちゅうにハエが来ると、いとこは長いモノサシを持った手をのばして、ぴしゃっとハエを叩《たた》いた。つぶれるときもあったし、さっと飛んでいってしまうこともあった。家に帰ると、私と妹は、早速、いとこの話してくれた童話を、もういちど実演してみるのだったが、ハエを叩くところまでいれて、母に、ばかねえ、あんたたちは、といわれた。

物語は、仏壇のまわりにも住んでいた。お盆が、祖母と、両親と、父の弟妹五人、それに私たち三人きょうだいという、十一人家族こぞっての大行事だった。迎え火、送り火に加えて、毎日、三度三度の食事を、さらに食事と食事のあいだには一時間ごとに水を、脚のついた小さな朱塗りのお膳にのせて、仏壇にそなえた。台所は、そのために一日中てんやわんやで、私たち子供は、うるさいといって二階に追いやられた。お膳の数は、三つだったか、五つだったか、いずれにせよちょっとした数で、だれが食べるの、と祖母に訊《き》くと、これはおじいちゃん、これはおばあちゃんのおかあさん、というふうに説明してくれたが、どれも知らない人ばかりだったので、現実感はうすかった。

レギュラーのお膳のほかに、ちょっと大きめで、それにのせる食器も、他のお膳のよりは大きいのがひとつあったが、それは、ホーカイボーさんのためだと教えられた。いま考えると、あれは無縁ぼとけのためだったに違いないのに、どうして法界坊などと呼んでいたのか。私の記憶ちがいなのか。ホーカイボーさんって、だれ？ と訊《たず》ねると祖母は、そこらの道で亡くなったお人だす、と言ったが、母におなじ質問をすると、困ったような顔をして、お芝居に出てくる、髪ぼうぼうの坊さん、とだけ言った。母は、どうしてか、ホッカイボーさんと発音していて、私たちが、朝、寝起きで髪がみだれていると、母は、いやあね、ホッカイボーみたい、と言った。

お盆のあいだはふだんより夕食が遅かった。たぶん、父が会社から帰るのを待ったからなのだろう。その夕食のあと、家族ぜんたいが仏間にそろって「おつとめ」に出席しなければならない。夕食まえには、みな風呂にはいって、子供たちはゆかたを着せられていた。いちばん下の叔父《おじ》は、私とたった八つ違いだったから、そのころは、まだ、中学生。むろん、彼もゆかたを着せられていた。

まず、祖母が仏壇の正面にすわった。そのすこしうしろに、父がすわって、祖母をうちわであおいでいた。父が手を抜くと、祖母がちょっと首を横に向ける。すると、父はまた、力をいれてあおいだ。母の席は、女中たちのまえで、叔父や叔母たちをうしろからあおいでいた。

「おつとめ」は般若心経《はんにゃしんぎょう》ではじまり、和讃《わさん》で終った。般若心経とか、観音経《かんのんぎょう》とかは、食前のクスリみたいなもので、これを歌わないと、あとのお愉《たの》しみだった御詠歌や和讃はやらせてもらえない。でも、私たちが和讃を待ちわびたのは、もちろん、日本語で意味がわかりやすいこともあったけれど、なによりも、その日によって、好きな歌を選ばせてもらえたことだった。叔父や叔母が、今日はこれがいい、というような提案を祖母にして、その日はなにを歌うかを決めた。

いつのころからか、私も和讃がすきになって、たいくつなお経が終るのを心待ちにした。祖母がいつも言っていたように、私が字をおぼえたのは「のらくろ二等兵」のおかげだったかもしれないけれど、「物語」への興味をさそわれるようになったのは、あの、お盆に仏間でうたわれた和讃だったのではないか。

自分と和讃についての最初の記憶は、仏壇のまえで、叔父や叔母たちが、今日はどの和讃にしようと相談している場面だ。そのときの畳の色の記憶から、どうも、暗い芦屋《あしや》の家の仏間ではなくて、六歳のときに引越した、夙川《しゅくがわ》の家の座敷だったように思える。叔父たちの話はなかなか決らないで、ながいこと、もめていた。いまなら、見たいテレビの番組でもめるようなものなのだろう。ふいに、こいさんと呼ばれていた下の叔母が、あ、これはあかん、とすっとんきょうな声をはりあげた。これはあかん。また、アツコさんが泣きやる。

それはたしか、『苅萱道心和讃《かるかやどうしん》』という歌で、入山できない母を麓《ふもと》において、女人禁制《にょにんきんぜい》の高野山に修行中の父をたずねていく幼い石童丸《いしどうまる》の物語だった。苅萱道心は石童丸に、自分は彼の尋ねている父親ではないと嘘《うそ》をいい、石童丸が下山すると、すでに母親は死んでいる、という話なのだ。それが、どのように語られていたかの憶えはないのに、イシドーマル、という音声は、いまも、とりかえしのつかない悲劇の印象とともに私の記憶のなかに重く沈んでいる。親から離れてなにかをしなければならない息子の哀れさと、親がほんとうのことをいってくれなかったための悲劇が、私をこわがらせた。

あかん、アッコさんが泣いたら、ひつこい。叔母はそうも言った。泣かへんから、おねがい。自分がそう言って、頼みこんだのも、憶えている。そして、結局は、おいおい泣いて、こんどは一番下の叔父から、あかんなあ、やっぱり泣きよったなあ、とからかわれた。両親ともそろっていて、祖母や叔父叔母にかわいがられていた私が、いったいなににつまされてあんなに泣いたのだろう。

泣くくせに、私は石童丸の和讃が好きだった。さめざめと泣いて、物語の世界を愉しんでいたにちがいない。だから、こんどこそ、けっして泣きませんからと、空手形を連発しては、『苅萱道心和讃』を歌わせてもらった。お地蔵さんが出てくる『賽《さい》の河《か》原《わら》』というのも、好きな和讃で、こちらは、おなじみの「ひとつ、積んでは父のため、ふたつ……」のさわりがけんのんだった。

『西国三十三所《さいごく》』の御詠歌というのも、私の好きな歌のひとつだった。三十三のお寺を、ひとつひとつ想像して歌いなはれ、と祖母は言ったけれども、行ったこともない場所を、三十三も想像するなど、どだい無理で、私はセーガントジとか、アナオデラとか、まるで外国語のようなお寺の名に感心していた。二、三年まえに熊野路《くまのじ》を旅したとき、青岸渡寺《せいがんとじ》をおとずれて、あ、フダラクのお寺だ、と思ってなつかしかった。この第一番の札所《ふだしょ》の歌は、フダラクヤ、キシウツナミノという句ではじまる。畳のうえに置いた小さな鉦《かね》を木槌《きづち》で叩きながら、祖母が先読みをした。一日の仕事に疲れた祖母が、ときどき居眠りをするのに気づくと、やんちゃな一番下の叔父が、すっと鉦の位置を変える。すると、祖母はぼこんと槌で畳を叩いて、目をさました。

上の叔母が結婚して、叔父たちも東京の大学に行ったりで、だんだん「おつとめ」の出席者がへった。父はもうとっくに参加を遠慮していたし、母もすこしずつさぼるようになっていた。祖母は私たち三人の孫を従えて、「おつとめ」に励んだが、やがて、小さいとばかり思っていた弟が、母にならってだんだんボイコットするようになった。

お盆のレパートリーに、『弘法大師和讃《こうぼうだいしわさん》』というのが出現したのは、そのころだった。ある日、祖母が菩提寺《ぼだいじ》の宝珠院《ほうじゅいん》からもらってきた。これは聖人《しようにん》讃歌だから、ひたすら弘法大師が、なにをした、どこへ行った、えらかった、という文脈で書かれていて、それが、私にはあまり面白いと思えなかった。それに、よれよれになった経本ではなくて、学校の教科書のようにそっけない洋とじで、それが有難味をそいでいた。オダイッサン（お大師さん）のご生涯やから、ありがたい思うて読みなはれ、と祖母は言ったけれど、私はやっぱりイシドーマルがよかった。むかしは自分も好きだったくせに、祖母は、あれはもう古い、と言ってとりあってくれなかった。

映画も「物語」をもってきた。叔母に連れられて、はじめて映画を見にいったのは学校に上る直前のころだった。すくなくとも、記憶にある映画は、それがはじめてだ。映画館というのではなく、なんでも叔母のおけいこ事のグループの集まりで、映画のはじまるまえに、叔母の先生に挨拶《あいさつ》にいった。

これがまた、悲しい映画だった。菜の花が咲いていて、女の人が人力車に乗って、どこかに行ってしまう。満州に行くから、もう帰ってこられるかどうか、わからない。私に理解できたのは、それくらいだったが、見ているうちに、ふと、その遠くに行く女の人が、母だったような気がして、私はイシドーマルのときのように、泣きだした。おいおい泣いたので、叔母は、はずかしいといって、おこった。おこられても、塩からい涙が、鼻水といっしょにあとからあとから流れて、ほっぺたから口のまわりまでびしょびしょになった。とうとう、叔母は私を客席からロビーに連れだした。ああ、いややねえ、あんたは、といわれて、私は叔母の期待にそえないのが悲しくて、また涙があふれた。叔母は、私のいっちょうらが汚れるから、もっとあっちへいって泣きなさい、と邪険だった。そのとき、映画のまえに挨拶をした先生が横を通りかかった。叔母は、てれかくしのように笑って、ほんまに、泣き虫でいやですわ、というようないいわけをした。すると、先生が、いやあ、このお子は、気ィがやさしねんわ、と言ってなぐさめてくれた。ええお子やし。それで叔母はなにも言えなくなったが、家に帰ってから、私が泣いたことだけを祖母に報告したので、またまた、私は、あかんたれやなあ、と笑われた。先生が、ええお子やし、と保証してくれたことを、叔母はぜんぜん言ってくれなかった。

父ゆずり

おまえはすぐ本に読まれる。母はよくそういって私を叱《しか》った。また、本に読まれてる。はやく勉強しなさい。本は読むものでしょう。おまえみたいに、年がら年中、本に読まれてばかりいて、どうするの。そんなふうに、このことばは使われた。それからずっとあと、母がもう私たちを大いばりで叱らなくなってから、じつは若かったころ、自分もおなじことばで母親に叱られたのだというのを聞いて、なあんだと笑ってしまった。われを忘れて読書に没頭する、という意味だったのだろうけれど、母はこの表現を、なにか主体性のないこととして、批判的なニュアンスで用いたので、私は、「本に読まれる」のは、はずかしいことだという意識をもつようになった。それでいながら、すこしも改心するきざしはなくて、こころのどこかで母の視線を気にしながら本に読まれつづけて、ここまで来たような気もする。

大阪商人の中でそだった祖母は、母よりももっと即物的な理由で私の本好きを叱った。本ばかり読んでると、女はろくなことにならない（女は、というところを「人間は」に変えると、それは、あたっていたかもしれない）。そして、夜、床にはいって本を読むと、電気がもったいない、と小言をいい、パチンと壁のスイッチを消して行った。おばあちゃんのけち、と私はうらめしかった。

その祖母を関西にのこして、私たちの家族が東京に移ったのは、私が九歳のとき、それ以後は、夏、冬、春の休暇だけ、祖母のところにそろって帰ったので、彼女にあかりを消されるのは、学校の休暇のときだけになった。ある年頃からは、祖母が電気を消しにくるのを、あたまのどこかで愉《たの》しみにするようになった。とくに、神戸からときどき家に泊まりに来た、本好きで仲のよかったいとこのふうちゃんとは、わざわざふたりでふとんの中に電気スタンドを持ちこんで、汗びっしょりになって本を読んだりした。もう、おばあちゃんが来る、もう、おばあちゃんが来る、と心のどこかでひやひやしていて、それがもうそろそろ来たっていい時分だ、に変るころには、はやく来ないともう暑くてやりきれない、の思いばかりで、あんなことまでしてなにを読んだのか、本の中身についてはまったく記憶にない。ただ、夏ぶとんを頭からかぶったあの暑苦しさと電球のまぶしさだけは、はっきり憶《おぼ》えているのだが。

東京での母は、家がせまくなった分だけ、また、祖母がつぎつぎと考え出す仕事がなくなった分だけ、私たちの行動に目を光らすようになった。本を読むひまがあったら算数の勉強でもなさい、としじゅう私たちを見張っていたけれど、ときには、ほんとうは、わたしも本がだいすきなのよ、この家におよめに来てから、おばあちゃんがいやがるから本を読まなくなっただけ、などと、とんだ告白をすることもあったから、私の中のどこかで、母の小言はそれほどこわがらなくてもいいのだ、とたかをくくっていたかもしれない。

東京の学校に移ったことが、私の子供時代にとって決定的なこころの傷になったのはたしかだった。学校から帰るとすぐ玄関にカバンをほうりだしてあそびに行く裏山はない、大阪弁だといって級友やら教師たちにまで白い目でみられる、と悲しいことばかりのなかで、私たち姉妹が愉しみにしていたことがひとつあった。それは、一年に二度、いま考えるとたぶんおとなたちにとっての御中元と御歳暮の時期だったろう、私と妹にといって、本をもってきてくれる奇特《きとく》な人物があらわれたことだった。それは、フジムラ氏という、なんでも私たちの家とは祖父の時代から深いつながりのある人物（二世ではなかったけれど、アメリカで勉強していたフジムラ氏は英語が堪能《たんのう》で、祖父がアメリカに旅したとき、カリフォルニアで通訳をしてもらって意気投合し、おねがいして日本に帰って、彼の会社に入ってもらったとかいうのだった）の夫人だった。ころころとふとった、薄色の着物を着て、きれいな東京ことばをゆたかな声量のソプラノで話す彼女は、明るく、さっぱりした様子が新鮮だった。

おばさんがえらんだものだから、おもしろくないかもしれないわね。どんなご本がいいのか、わからないのよ、かんべんしてちょうだいね。毎年、それぞれの季節がくると、フジムラ夫人はそういって、ちょっと重そうな本の包みを、麻布《あざぶ》の家のせまい応接間のテーブルにのせた。たしかに、二冊だろうな、私の分と妹の分と。そうに決まっているのに、ごあいさつにと呼び出された私たちはその包みに熱っぽい視線をそそぎ、夕方になって、フジムラ夫人が、あーら、こんな遅くまでおじゃましちゃって、とほがらかな声の余韻を残して内玄関から帰っていくまで、一刻もはやく包みの中身を見たくてうずうずしていた。

本がかならず二冊だったように、フジムラ夫人の本は、毎年、おなじシリーズものだった。小学三年生向きとか、四年生向き、というふうに学年がタイトルに明記されていて、そのあとに、『おもしろ話集』とか『ふしぎ話集』といった題がついている。話そのものはなんとも月並みで平凡で、ときには子供の私たちにも、はっきり、これはかなりくだらないぞ、と思えるしろもので、母たちの評判はけっしてかんばしくなかったのだが、それは、フジムラ夫人が子供の心理を見抜く天才だということに、おとなたちがまったく気づかなかったからだった。まるで、なにもかもお見通しとばかりに、フジムラ夫人は、こちらが三年生のときには四年生向きを、四年生のときは五年生向きというふうに、かならず一年うえの学年向きの本をせっせと選んでくれた、そしてそのちいさな心づかいが、東京に来てしぼんでいた私の気持を、そっくりかえったカエルみたいにふんわりとふくらませてくれた。一年上の人たち向けの本でも、じぶんはすらすら読めるんだ。それもたったひと晩で。

だが、ひと晩で読んでしまうと、つぎの本が読みたくなる。うっとうしい顔をして、もう読んじゃった、というと、母は、私の本を読む速度がはやすぎるといって、こわい顔をした。ゆっくり、おいしいものを食べるときみたいに、だいじに、嚙《か》むようにして読むものよ、おまえみたいにはやく読んでしまったら、きっと、かんじんのおいしいところを読み落しているにちがいないわ。よく嚙んで読んでちょうだい。そんなはずない、と私は口答えした。ぜんぶ、読んだわよ。読み落しなんて、してない。すると母もむきになった。そんなはずない。そんなにはやく読めるはずないわよ。私も必死だった。ぜんぶ読みましたっていうのに。すると母がおどかした。こんどから、本を読んだら、なにが書いてあったかママが訊《たず》ねますから。でも、けっきょくのところ、いちどもそんな恐ろしい試験などされたことはなかった。

母が、いっぷう変った本を、ある日、出先から持って帰った。出先、とここでいうのは、その日出かけたのが、母がいつも行く銀座とか、母の姉にあたる目黒の伯母《おば》のところとかではなくて、ただ、ちょっと、というだけで、はっきりと目的地を告げなかったからだった。そのこと自体、私には奇妙に思えて、どこへ行ったのだろう、と思っていた。

紫と黒が主に使われた地味な表紙の本で、出版社もふだん見なれているものではなく、とても子供向きに作られたようではなかったのに、内容は童話みたいな短篇集《たんぺんしゅう》だったけれど、どれもこれも悲しい話ばかりなのがふしぎだった。ながい道をあるいてチューリップの花が咲いている郊外の家を、心配ごとがある母親がたずねる話があった。そこにはやさしいおばさんがいて、その母親に、いっしょにお祈りしましょうという。それだけの話だったが、私には、ぜんたいがもの足りなかった。なにが足りないのかは、そこまではわからなかったが、ただ、なんとなく、母にも心配ごとがあって、この本を作っている人たちのいるところに、父にも伯母にも聞いてもらえないことを相談に行ったのではないかと思えた。どこに行ったのか、どんな人に会いに行ったのか、母はその日のことを、生涯私たちには話してくれなかった。

＊

私の本好きは、たぶん、父ゆずりだった。祖父の家業をむりやりに継がされた父の仕事ぶりを、祖母はいつももの足りなく思っていて、それを彼の文学好きのせいにしていたふしがある。そして、祖母の不満な分だけ、父はなおさら読書に没頭したように思う。子供ぎらいで、家にいると機嫌のわるいことが多かった父が、寝床に横になって本を読んでいるときだけは、おだやかな顔をしていた。

私が六歳のとき、父は、当時そう呼ばれた世界一周の旅をした。船でウラディヴォストックにわたり、そこからシベリア鉄道でモスコウを経てヨーロッパの国々やイギリスをたずね、さらにロンドンから船でアメリカに行き、大陸を列車で横断したあと、また船で太平洋を渡って帰るという、いまでは考えられないほどの、ゆっくりした旅行だった。行った先々で、父は日本で待っている人たちにおみやげを買った。とくに最後に寄ったカリフォルニアからは、大きな木箱いっぱいのサンキスト・オレンジがとどいた。私や妹が木箱のそばに行くと、あぶない、といわれるほど、大きな荷造りだった。私と妹のためだけのおみやげというのも、父は立寄った国々でこまごまとしたものを求めて、持って帰った。

そんなおみやげの中に、一冊のふしぎな本があった。その本はドイツ製で、子供のための絵本だったが、絵ではなくて、白黒の写真で、どうやら二匹の犬の話が語られているらしかった。らしかった、としか言えないのは、説明文のドイツ語が、私たちにはまったく読めなかったからである。

二匹の犬は、いま考えると、ビーグル犬のような、毛のみじかい、耳のながい、短足の犬だったが、それが二匹とも、人間のように、服を着せられ、二本あしで立たされて、買物に出かけたり、病気になってベッドにはいっていたり、あげくのはてはナイトキャップをかぶせられて、本を読んでいたりした。私と妹は、はっきりいって、この本がきらいだった。絵ではなくて、写真なのが、どういうわけか、うとましかった。犬を人間のように見立てているのも、わざとらしくて、いやだった。犬だって、あんな格好をさせられて、けっして愉快ではなかっただろう。さらに、ドイツ語で書かれていて、まず、本の題名からしてちんぷんかんぷんなのも、しゃくにさわった。それなのに、私たちは、ながいこと、この本からはなれることができなかった。たくさんの本が、ともだちに貸して返ってこなかったり、背表紙がぼろぼろになっておとなに捨てられたりしてしまうなかで、この本だけが、何年も生き残った。戦争で、だんだんあたらしい本が買えなくなると、ますますその本は、いばっているようにみえた。なくした、と思っていても、また出てきて、いやな本だなあ、と思いながら、また手にとって、私たちは開いて見た。病気のときなど、読む本がなくなると、「あいつ」が出てきた。「読まれる」危険はない本だったけれど、いまでも、あの本のことを考えると、なにかうっとうしい気分になる。

この本は、おそらく写真でつづった絵本というのが、当時にしてはひどくめずらしくて父の目にとまったのだろうけれど、そして、父にしたら、ずいぶんハイカラな本を子供に持ってかえったつもりだったのだろうけれど、保守的な子供の気には入らなかったわけだ。私も、妹も、あの本の話を、どんなにあの本がきらいだったか、それなのに、いつまでも離れることができなかったという話といっしょに、とうとう父にはしたことがなかったと思う。したところで、どんな本だったか、父はおぼえていなかっただろう。

父がくれた本というのは、すくなくとも記憶にあるかぎりではこの奇妙な犬の本が最初だったが、ある年のクリスマスに、大判のうつくしい、やはり子供のために書かれた『平家物語』をもらった。小村雪岱《こむらせったい》という日本画家の挿絵が数葉《よう》はいった、クリーム色がかった用紙をつかった、かなり贅沢《ぜいたく》な本だった。妹は『アンデルセン童話集』をもらって、私の「地味」な本にたいして、その派手さが、はじめはちょっとうらやましかった。

クリスマスの贈物といっても、いまのように、父親が自分で手わたしてくれるわけではないし、クリスマス・ツリーを飾ったわけでもなくて、クリスマスの朝、お茶の間に降りていくと、床の間にかざってあるだけだった。私たちを起しにきてくれた叔母《おば》から、「プレゼント」がある、という話だけは聞いてどきどきしながら二階から降りてくるのだったが、贈物をじっさいに見ると、たとえようないいいてれくささに襲われた。あっとよろこびの声をあげるにはあげる。つぎの瞬間には、勇気をかきあつめて、食事をしている父に、両手をついてお礼をいう。パパ、ありがとうございました。おしりがバッタみたいに突ったっていないか、ちゃんと両手を畳につけて、正座しておじぎをしているかどうかは、祖母がよこから監視していた。

父は、そのとき、私に、この本は本文も大切だが、さし絵がいいのだ、というようなことを、言った。小村雪岱という画家の名が、それ以来、私にとって、忘れられない名前になった。雪岱、という漢字が読めるようになって、雪岱がえらい日本画家だということも、その本でおぼえたのだった。表紙に使った和紙が、手のなかですこしずつケバだっていくのも、なにかこのもしい本だった。清盛《きよもり》が晩年、うたがいぶかくなって、少年たちを女の子のようによそわせ、京の町に放って、スパイをさせた話があった。赤い着物を裾《すそ》みじかく着て、三々五々たむろする、「かむろ」とよばれた黒髪の子供たちの絵が、ページいっぱいに描かれていて、私はこんなうつくしいものがこの世にあったのかと、何度もその箇所をひらいて、行ったことのないむかしの京の町を想像した。

いちばんこころを動かされたのは、大原御幸《おはらごこう》のくだりだった。とくに、後白河院《ごしらかわいん》が建礼門院《けんれいもんいん》と悲しい思い出話をするという物語そのものが、私をあの透明な悲しみの世界にすっとさそいこみ、何日も、たぶん何年も、小学生なりの寸法でしかなくても、私は平氏の滅亡を、この本のなかでかぎりなく哀《かな》しんだ。だれの文章だったのだろうか。そして、まるであの日、自分も後白河院の一行に連れそっていたみたいに、私は、裏山から仏壇にそなえる花をもって降りてくる建礼門院の声を、澄みきった山の空気のなかに、はっきりと聞いたし、二位尼《にいのあま》が安徳天皇《あんとくてんのう》を抱いて極楽にまいりましょうといいながら入水《じゅすい》した物語があわれで、私は小さい弟を抱いて死のうとする夢をみたりした。ながいあいだ、大原の寂光院《じゃっこういん》という庵《いおり》の名がこの世のどこよりも、ろうたけた空間の名として、私のなかでちらちらと燃えつづけた。

島崎藤村の『幼きものに』という本を父からもらったのは、もう女学生になってからだったと思う。藤村が、たしか子供にあてて書いた書簡がはいっていて、その文体は、たしかに、後年、私がフランスに留学していたころの父がくれた手紙に読みとれた。この本をくれるとき、父は、これは大変な文章だよと説明をつけた。自分はもう幼くないと信じこんでいる年ごろだったから、どうして、こんなに活字の大きい本をくれるのか、はじめは不服だったが、読むうちに、父の解説のせいもあったのか、だんだん、その文章にひきいれられていった。これほど「やさしい」文章が、いい文章というのは、どういうことなのだろう、とそれがいぶかしく、父はかなりむずかしいことを私に伝えようとしている、とまばゆい気がした。最近になって、ある夏、小諸《こもろ》を通ることがあって、記念館に寄ると、展示ケースの中にこの本があって、しばらく前を離れられなかった。下半分が白で、上半分があかるい青、その青の部分に雪が降っているような表紙を見て、それがぼろぼろになってちぎれるまで、大切に（ちぎれたのだから、大切に、とはいえないかもしれないが)、持ちあるいていたのを、思い出してなつかしくなった。

父の蔵書のなかに藤村全集があったと知ったのは、父が死んで何年もたってからだった。父と、この作家のはなしをしたことがなかったので、全集は意外だったが、おそらく私がイタリアにいた、彼の最晩年に手に入れたものではなかったか。父は、年をとって(といっても、いま、私はその時代の父の年頃をとっくにすぎてしまった)、青年時代にむさぼり読んだ藤村を、もういちど、読みたかったのではないか。それも、私小説ふうの『春』とかあのあたりの作品で、『夜明け前』を読むためではなかったような気がする。

藤村について父と話したことはなかったが、鏡花《きようか》と鷗外《おうがい》のことは、よく父と話した。鏡花と父の関係は、ほとんど『婦系図《おんなけいず》』につきていて、それも新派の芝居につながっていたようだ。師に背《そむ》いていっしょになった主税《ちから》とお蔦《つた》に、親の反対をおしきって結婚した自分たち夫婦を重ねていたきらいが、かなりある。鏡花のえがく女を、母にもとめていたふしも、否定できない。なまみの母にしては、めいわくだっただろう。夏の夕方など、母が風呂《ふろ》からあがって鏡台のまえにいると、父が、おい、「似合いますか」、といってみろ、と茶の間から声をかけたりした。『眉《まゆ》かくしの霊』で眉を落とした女幽霊がいう「似合いますか」を、私たちまでがおもしろがって、あたらしい服をつくってもらったときなど連発し、おまえたちでは興ざめだと、父はそっぽを向いた。

鏡花について、女子大生だった私に父があれこれいうときは、成人した娘に気をゆるしたようなところがあったが、鷗外は、彼の国語であり、ときには、人生観そのものといってよかった。父は、外国文学を勉強していた私のことを、日本語がだめになるといって、たえず不安がった。『即興詩人』を読め、と何度いわれたことだろう。あまりたびたびいうので、そのときによって、ちゃんと読んだこともあるし、読みました、とか、読んでます、とかいって、ごまかしたこともあった。

『即興詩人』は意訳・誤訳が多くて、原文には忠実でないそうです、などとどこかで読んだことを受け売りして、ばか、とたしなめられたこともあった。ローマに留学したとき、最初に父からとどいた小包は、岩波文庫の『即興詩人』だった。「この中に出ている場所にはみんな行ってください」という、ほとんど電報のような命令がページにはさんであった。

父が一九七〇年に六十四歳で死んだとき、私は岩波の日本古典文学大系の揃《そろ》いを、ごっそりもらった。父は会社をやめたら、一冊ずつ、読んでいくつもりだったのだろう。ほとんど、ページを繰った痕跡のないなかで、平家物語だけは、しっかりと読んだあとがあった。平家物語で私はもういちど父につながったような気がした。

幼いころは、父が本を買ってくれて、それを読み、成長してからは、父の読んだ本をつぎつぎと読まされて、私は、しらずしらずのうちに読むことを覚えた。最近になって、私が翻訳や文章を発表するようになり、父を知っていた人たちは、口をそろえて、お父さんが生きておられたら、どんなに喜ばれたろう、という。しかし、父におしえられたのは、文章を書いて、人にどういわれるかではなくて、文章というものは、きちんと書くべきものだから、そのように勉強しなければいけないということだったように、私には思える。そして、文学好きの長女を、自分の思いどおりに育てようとした父と、どうしても自分の手で、自分なりの道を切りひらきたかった私との、どちらもが逃れられなかったあの灼《や》けるような確執に、私たちはつらい思いをした。いま、私は、本を読むということについて、父にながい手紙を書いてみたい。そして、なによりも、父からの返事が、ほしい。

松山さんの歩幅

松山巖『百年の棲家』

あっ、路地に馬が入ってきた、と松山さんが愛宕《あたご》山の麓《ふもと》でびっくりしていたころ、私は渋谷《しぶや》で女子大生をしていて、ドイツのボイロン大修道院から来たヒルデブラント・フォン・ヤイゼルという、ひどく立派な名前の神父さんが教えるヨーロッパの教会建築史という講義に熱をあげていた。宣教師というのは、たいてい、派遣されてやってきた国が好きになるものだけれど、あるいは、すくなくとも好きであるふりをして、ときには日本つうぶってみせたりする人もいるけれど、この人は、日本が好きでもなく、そうであるようなふりもしないので、それが無礼だ、と思う人たちと、ありのままのヨーロッパ人が、どんなふうにものを見ているかがわかっておもしろい、と考える学生とにクラスが分かれていた。

ある日、どういうきっかけだったか、彼は、自分がもといたボイロンの大修道院の建物の天井がどれほど高いかということを私たちに理解させようとして、躍起になっていた。そして、戦後、アメリカからの寄付やらバザーやらで、やっとこさ新築なった教室の天井を見上げて、もう我慢できない、というように声をはりあげると、こう叫んだ。こんなちっぽけな、こんな思想のない建物で暮らしていたら、きみたちはこれっぽっちの人間になるぞ。建物が人間を造るということを、よくおぼえておきなさい。

名前だけでなく、体格も立派だったフォン・ヤイゼル神父がそういったので、一瞬、私はまるで神様にどやされたみたいに、恐縮した。とくに、《思想のない建物》という表現には、かなり動揺した。じつをいうと、その時点でこのことばをちゃんと理解したとはいえないのだが、わからない分だけ、すごいことのように思えた。そして、考えた。じぶんも、思想のある建物みたいな人間になりたい。

そのときから、こんどは、いっきに三十年ちかく経《た》ってからの話だ。ヒルデブラントさんの叫んでいた《思想のある建物》を自分の目で確かめたいと、大学を出て渡欧し、前後あわせて十五年あまりをフランスとイタリアで過ごしたあと、私が東京に帰ってきたのは、中年、といわれる年齢になってからのことだった。

そのころ、一年に一度ぐらいの割合だが、突然、という感じで東京にやってくるミラノの友人がいた。彼は、仕事で日本に来ていたのだが、行くぞ、といわないで、いきなり、東京に来ている、と電話をかけてくるので、いつもびっくりさせられた。普通、双方の仕事が済んだ時間に会って、かんたんな食事をしながら、ミラノの共通の友人たちの動向をたずねたり、彼の仕事の話を聞いたりして、たのしい時間を過ごしたが、あるとき、その友人を、家に招くことにした。六十平米あるかないかの共同住宅だけれど、ひとり暮らしの自分としては、まあ満足できる容《い》れ物《もの》と思っていた。

ああ、いい仮住いだねえ、と彼は入ってくるなり、私がやっとローンを払い終えた部屋を眺めまわしていった。Pièd à terre ピエダテールという、彼がそのとき使ったことばを辞書でひくと、仮住い、なのである。ふつう、《ほんとうの家》が田舎《いなか》なんかにあって、都会で一時的に小さな部屋を借りる、そんな住居のことをこう呼ぶのだが、友人がねぎらうつもりで使ったそのことばに私は、内心しょんぼりして、ミラノにいたころ借りていた、私が生まれた年に建ったという、質素だけれど、厚ぼったい建築のアパートメントを思い出したりした。どの部屋のドアにも、エンジニアだった家主さんのお父さんがホビーで描いた、アールヌヴォーふうのガラス絵がついていて、住んでいるうちから、なつかしいような家だった。

明治維新このかたの百三十年ちかくを、私たちは、なにかにつけ不本意に生きてきた。日常生活の面でも、思想や哲学の分野でも、西洋と東洋の谷間に墜落したまま、あっちでもない、こっちでもないと道に迷いながら、息をきらせ、青い顔をして歩いてきたように思える。いや、都市計画や建築に関するかぎり、現在もまだ迷いつづけ、ひどい息切れから解放されないでいる。その間、建物も道路も、どうすれば、より《大きな富》にたどりつくか、より《便利な》道路を造るかという考え（といっても、欲望、にすぎないから思想とはいえない）にとりつかれた人たちの手で、かなり一方的に計画が進行し、実行に移された。その結果、ほんとうはなにより大切なはずの、都市、あるいは街路の在《あ》りようについての思想を探求することも、また、そこに棲《す》む人間がほんとうはどのように自分たちをとりまく環境と関係すればよいかについてじっくり考えることも、すべて後まわしにしてきた。役にたつ、あるいは便利なものだけが求められた結果、多くの建物と街の眺めが破壊され、そこに棲む人たちの心が踏みにじられ、そのために健康までが蝕《むしば》まれているいま、私たち日本の大都会に暮らす人間の多くは、愕然《がくぜん》として、《こんなことになってしまった》この街を眺めている。

縦横に張りめぐらされた電線が残りすくない青空を（ときには、悪魔が夜、黒い翼をいっぱいに広げて舞い降り、遊び半分に電線をもつれさせていったのではないかと思えてしまうほど）傍若無人な縞《しま》もようで切り刻み、施政者たちが住宅と名づけるものの周囲には子供たちが走りまわれる空間がまったく不在でも、普請中だ、過渡期なんだから、と私たちは我慢を強いられ、我慢してきた。走れ、といわれて夢中で走った私たちは、ふたたび崖《がけ》っぷちに立たされて、もしかしたら自分自身が落ちるしかない底知れない奈落《ならく》を眺めているような気もする。思想どころか、代用品でしかない《仮住い》を、究極の棲家《すみか》と信じこんでしまっているふしもある。松山さんは書いている。

「過渡期に生じた生活のズレは現在まで何らかの痕跡を少なからず残しているのではないだろうか。ズレが分らないのは現在では当り前として気づかぬからではあるまいか」

ちょっと気をゆるしているうちに、私も、ズレを当り前みたいに思いこむことに慣らされていたのかもしれない。

また、ズレということばは、私にあることを思い出させる。じぶんでこなせる以上の量の仕事をうっかり引き受けてしまって、期日までに完成するメドがつかなくてあせっているようなとき、夜、寝つこうとしていて、ほんの一瞬なのだが、気味のわるい、ひどく奇妙な感覚に襲われることがある。からだが、ずるずるとふとんのなかで滑るような気がするのだ。カラダだけが滑って、どこかに落ちていく感じだから、ズレないであとに残され、アワを食っているのは、たぶん、タマシイなのだろう。寝つきがいいから、その感覚はあっというまに睡眠にとって代わられるのだが、もしかしたら、あれは、松山さんのいうズレと、どこかで深くつながっているのではないか。ちゃんと、ものを考えて仕事を計画しないから、ああいった怪獣の餌食《えじき》になってしまうのだ。

松山さんの本を読んでいると、ひとりひとりの人間にふさわしい歩幅、ということばがあたまに浮かぶ。明治からずっと、私たちが慢性の病気みたいに背負いこんでしまった生活のズレをふせぐには、なにをするに当たっても、人それぞれの歩幅を、大切なものさしのように、しっかりと心の底に沈めておかなければいけないのではないか。それなのに私たちは、国民の歩幅だとか、ひどいときには都民の歩幅などという、らんぼうで納得のいかない歩幅で歩かせられてきた。いや、歩いてきた。戦後しばらくのころのある夏の日、大手町近辺の道路を横断していて、どうしてもふつうの歩幅では、信号が赤になるまえに渡りきれないことに、びっくりし、ふんがいしたことがあったのが、はっきりと記憶にある。だけど、あれはほんの始まり、ほんのエピソードでしかなかったのだ。

赤ちゃけたトタン板が、吹きつける風にガラガラと大きな音を立てていた麻布《あざぶ》五之橋《ごのはし》から芝白金《しばしろかね》につづく焼け跡の、むかし道路だったあとをなぞっただけの、細く不規則に曲がった道を、十六歳だった私は、教科書や辞書を入れた手提袋《てさげぶくろ》を手に、昭和二十年の九月から十二月までの毎日を、空腹と寝不足ですこしふらつく足取りで、授業が再開されたばかりの専門学校に通った。十二月まで、というのは、翌年の一月から、ようやく学寮に空席ができて寮生になることができたからなのだが、そのころ、居候《いそうろう》みたいにして泊まっていた麻布の家から学校まで、歩いてたった二十分ほどの距離なのに、空腹な分だけ、本を入れた袋が重くて道が遠く感じられ、子供のときから慣れていたはずの東京の空っ風も、戦前、この街に棲んでいたころにくらべて、ずっとつめたく肌を刺した。

そのころ、やがて自分が家をもつだろう、という考えにはとても到《いた》らなかったし、民主主義教育も受けていなかったから、都市の在りようについて自分も口を挟む権利と義務があるということも、はっきりとした自覚をもたなかった。でも、将来というようなものをこころに描くとき、この焼け跡よりはずっとましなもの、あかるい状況になるだろう、と想像していたのはたしかだ。

フォン・ヤイゼル神父は私が日本に帰って数年後に亡くなったが、たとえば電車の窓から雑然とした街並を眺めていて、よくひびく彼の声が東京の空にとどろきわたるような気のすることがある。こんな思想のない建物ばかりの街に暮らしていたら、きみたちはこれっぽっちの人間になってしまうぞ。

翠《みどり》さんの本　矢島翠『ヴェネツィア暮し』

黄色い電灯の光のなかで、翠さんはさっきからアイロンかけをしている。ヴェネツィアの彼女たちの家の、台所につづいた小部屋で、私は彼女のそばに椅子《いす》をもってきて、なにやらしゃべっているのだけれど、話の内容はそっちのけで、私は、彼女がきゅっきゅっとアイロンの先を細かい襞《ひだ》のなかに突っ込んだり、からだで拍子をとるようにしながらアイロン台いっぱいの長さに肘《ひじ》をぐいぐい往復させたりしているのを、まるで麦畑にねころんでヒバリを聴いている男の子みたいに、感心して、無責任に、眺めている。おてつだい、しましょうか、と口まで出かかっているのだけれど、慣れた彼女の手つきを見るとそうも言い出せなくて、私はただ眺めている。食事のあとすぐ、原稿を書くといって書斎にひっこんでしまった夫君を気づかって、ともすると私たちの声はくぐもりがちになる。

あれは一九八四年だったろうか、私は三か月ほどの期間をナポリに滞在していた。五月だったか、ちょうどナポリとヴェネツィアの中間あたりに位置する、ペサロというアドリア海に面した小さな町で日本映画祭が開催され、文献の翻訳にちょっと手を貸しただけの私までが、ナポリ大学の同僚たちといっしょに招待された。

一週間、丹下左膳《たんげさぜん》から寅《とら》さん、雨月物語から東京物語にいたるまでの日本映画を、朝となく昼となくひたすら見続けることになって、案外これも楽ではないとつくづく思ったのだが、そのとき、おなじホテルに、当時、ヴェネツィアに滞在していた翠さんたち夫妻も招かれて泊まっていた。翠さんと私は子供のときからおなじ学校の生徒で、人数が少なかったからおたがいに相手を見知ってはいたけれど、ゆっくり話す、というようなことはなかった。ほんの三、四年の違いでも、子供には飛び越せない溝のようにみえたし、いつも優等生の翠さんを、上級生の私はまぶしく眺めるだけだった。

そんな関係は、それぞれが違う道を歩くようになってからも続いたが、自分にとって仕事とはなにかというようなことを、たぶんずっと考え続けているだろう人として、遠くから、私は翠さんの軌跡を追っていた。そのことに関しては（他の分野でもだが）、彼女を尊敬すべき先輩として。

ひさしぶりに、それもイタリアの辺鄙《へんぴ》な町で会ったのはうれしかったが、彼女は日本から来ていた映画人や評論家といっしょだったし、私は私でほとんどいつもナポリ大学の人たちのところにいたから、廊下ですれちがいざまに立ち止まって話すくらいなのが、もどかしかった。

映画祭も無事終って、私はナポリへ、翠さんたちはヴェネツィアへ明日は出発という段になって、思いがけなく彼女が声をかけてくれた。私たち、レンタカーであちこち廻《まわ》りながら帰ることにしたんだけれど、よかったら、ごいっしょにいかがですか。ヴェネツィアではうちに泊まってくだされぱいい。

こうして私はヴェネツィア島はドルソドゥーロ92番地のAの、翠さんがいう「変則三階家」に迎えられ、彼女の案内でヴェネツィアの小路から小路をたどったり、それまで行ったことのなかったパドヴァまで足をのばして、あこがれていたジョットの壁画とついに対面したり、たのしい時間をもつことになった。ほんの二、三日だったけれど、ヴェネツィアではホテル住まいしか知らなかった私にとって、「夜、帰る家がある」という、ぽっと心が暖かくなるような経験だった。『ヴェネツィア暮し』が東京に帰ってきた翠さんから送られてきたのは、それから間もなくだった気もするし、何年かあとだったようにも思う。けばけばしさを抑えた翠さんらしい落着いた装幀《そうてい》の本だったが、ページをひらいて私はこの書き手の尋常でない知識のひろさと深さ、そして正確さにまず感心した。対象を忍耐ぶかくじっくり見定める著者の、まれな教養と素質が、爽《さわ》やかな理性に支えられてどの章にも光を放っている。

舟、絵、島、など直截《ちょくせつ》的で簡潔なタイトルをもつ十の章を設け、そのうえで、「まちへ」と「まちから」の二章で前後を閉じるという古典的な構成のうえにこの本は組立てられている。そして著者の知識と好奇心はヴェネツィアの現在にとどまらず、西洋史、日本史、英文学史、さらに社会史、地理などさまざまな分野にわたっていて、手に入れた情報のひとつひとつを自分の手で綿密に吟味し、納得したうえで、分析する。この方法の手がたさにも、私は舌を巻いた。自分がこれまで、このまちについて考え、書いたことどもがすべて色褪《いろあ》せ、まるでいい加減な編み手がぐさぐさに編んでしまった不格好なセーターに見えてしまったほどだ。

たとえば「芥」と題された、ヴェネツィアの下水道およびゴミ処理についての章で、著者は、ごくさりげなく、つぎのように書いている。

「実は、この章を書く前に、ヴェネツィアの下水の構造についての質問状を、返信用の封筒と国際クーポンも添えて、市役所の土木課、衛生課、環境団体等にあてて出してみた」

通信社の有能な記者であった著者としては、当然のことかもしれない。だが、ヴェネツィアをなんども訪れたあとで、やっと重い腰をあげ、それもありきたりの案内書を開いてみる程度でこのまちについて書いてしまう怠惰な私にとっては、ただ驚嘆にあたいする緻密《ちみつ》さという他ない。こうして下水道もゴミ処理のためのヴェネツィア版「夢の島」も、処理場まで赴いた著者によってあますところなく論じられ、ふつう旅行者が、この「夢のような島」で目を向けようとはしない現実があからさまに語られる。

だが、『ヴェネツィア暮し』がいかにどっしりと現実を直視したうえで書かれているといっても、この本をありきたりなルポルタージュと割り切ってしまってはならないだろう。

「島」という章がある。「島々はそれぞれに固有の役割と顔を持つ」という書き出しで、ムラーノはガラスの島、ブラーノは色あざやかな民家とレースの島、というふうに、つぎつぎ定義したうえで、著者はこんな内省にあふれる文章を置いている。

「島はまた、孤立と静寂の場所、少なくともそれらの性質を期待される場所である。みずからすすんで、あるいは人びとの望みに従って、姿を隠す必要のある人間は、同類相集《あいつど》って、特定の島におもむく。死者はサン・ミケーレへ行く。……死者と並んで、わが身の隔離を求める——あるいは求められる——人種といえば、修道士と、病者と、兵士である」

汽水湖に散在する無数といっていい島々を、著者は、あるときはみずから足をはこび、あるときは古今の文献をとおして、せっせと訪れる。イギリス人ヒース氏による、「薔薇《ばら》の沼」（ヴェネツィア人が、汽水湖のなかで潮が通わない、いわば〈死んだ〉部分にこの美しい名をつけたのには、どういう経緯があったのだろう）に浮かぶ、納骨堂の島サン・タリアーノのゴシック趣味にみちた探訪記などは鬼気せまるものがあって、興趣がつきない。そして、トルチェッロ島の「孤独な」モザイクの聖母に「永遠に凍りついたひとしずくのなみだ」を仰ぎみるとき、それまで抑えに抑えてきた著者の筆はめずらしく昂揚《こうよう》する。「島」は、この本のなかで、もっとも読者を感動させる章のひとつだろう。

いや、終章近くに置かれた「祭」も忘れがたい。「氷雨が降りやまない冬の一日、サン・マルコ広場の回廊に、異様なひと影が現れた」という書き出しがちょっと美文調をよそおっているのには、理由がある。仮面をつけてヴェネツィアのカーニヴァルに集まってくる人たちが、この章の主人公なのだから。冬花火の炸《さく》裂《れつ》する二月のサン・マルコ広場は、謝肉祭の日々だけ、世界劇場の舞台に化けおおせて、小さな子供までが一年いちどの仮装の愉《たの》しみに身をこがす。著者はいう。「［かつての］階級社会の市民たちが仮装というひとときの平等のレヴェルに立って人生をたのしんだのに対し、管理された平等社会の市民たちは、仮装のなかに声高な自己主張の機会を見出《みいだ》す」と。

いくつかの華やかな祭が果てたあと、家の前の小広場に出たカフェの椅子にすわって、「夕暮の淡いはなやぎの時間が、はてしなく長くなった」夏の日の到来をかみしめる著者のそばに、そっともう一脚、椅子をひっぱっていってカンパリのグラスを手にしたくなるのは、私だけではないはずだ。

「私がここで、何もしないで座っていても、ヴェネツィアのまちは呼吸を続けている。その富と魅惑は、生き続けている。

何をいまさら、あくせくと、動くことがあるだろうか。

甘美な無為。私ひとりだけの、心浮き立つまつり」

ここまで読んできて、ひとつのことに読者は気づく。『ヴェネツィア暮し』が、この奇跡的な海の都についての卓越した記録であることにまちがいはないけれど、これはまた、翠さんが長年かかってかちとった精神の自由と静謐《せいひつ》を、彼女自身が確認し、それについてのべたひとつの内面の記録ということもできるだろう。そしてなによりも、この本には、彼女が愛し、彼女を愛する人たちへの思いが、貴い香のように行間に焚《た》きこめられていて、それが読者に安らぎとなぐさめをもたらしてくれる。

その安らぎにつつまれて、私は、ヴェネツィアの小さな家の黄色い電灯の光のなかでときどき顔をあげてはじっとこっちをみつめ、ひとこと、ふたこと、小さい、でもしっかりした声で自分の意見をのべては、またアイロンかけに戻っていった翠さんのすがたを、もういちどこころに追う。そのうしろには、目のくりくりした、やせっぽちでどこか淋《さび》しそうな子だった、ずっとむかしの翠さんが、はずかしそうに笑っていて、おもわず、あら、ひさしぶりだったわね、と声をかけたくなる。私にとって、『ヴェネツィア暮し』は、そんなふたりの翠さんの大切な作品だ。

須賀敦子略年譜

一九二九年——昭和4年
一月十九日、兵庫県武庫郡精道村（現芦屋市翠ヶ丘）に、父・須賀豊治郎（須賀商会）、母・万寿の長女として生まれる。

一九三〇年——昭和5年…一歳
二月、妹・良子生まれる。

一九三四年——昭和9年…五歳
十月、弟・新生まれる。

一九三五年——昭和10年…六歳
四月、小林《おばやし》聖心女子学院小学部に入学。

一九三七年——昭和12年…八歳
父の転勤に伴い、母、妹、弟と共に東京麻布本村町へ移る。白金聖心女子学院小学部三年に編入。

一九四一年——昭和16年…十二歳
四月、聖心女子学院高等女学校に入学。

一九四三年——昭和18年…十四歳
三月、疎開で夙川にもどり、小林聖心女子学院に編入。

一九四五年――昭和20年…十六歳
三月、小林聖心女子学院を卒業。入学が決まっていた東京・芝白金の聖心女子学院高等専門学校が空襲で焼け落ち、自宅待機となる。四月より勤労動員。海軍医薬品部門で働く。
九月、聖心女子学院高等専門学校英文科に入学。寄宿舎生活に入る。

一九四八年――昭和23年…十九歳
三月、聖心女子学院高等専門学校を卒業。五月、新設された聖心女子大学外国語学部英語・英文科二年に編入する。

一九五一年――昭和26年…二十二歳
三月、聖心女子大学を卒業。

一九五二年――昭和27年…二十三歳
四月、慶應義塾大学大学院社会学研究科に入学。

一九五三年――昭和28年…二十四歳
三月、大学院を中退。九月、パリ大学文学部比較文学科にフランス政府保護学生として留学。

一九五四年――昭和29年…二十五歳
四月、初めてのイタリア旅行。

一九五五年――昭和30年…二十六歳
七月、帰国し、日本放送協会国際局欧米部フランス語班（常勤）に嘱託として勤務。

一九五八年――昭和33年…二十九歳

九月、カリタス・インターナショナル留学生試験に合格、ローマのレジナムンディ大学で聴講するかたわら、六十年六月までイタリア文学の研究に勤しむ。十二月、ダヴィデ・マリア・トゥロルドと教会で会う。

一九六〇年――昭和35年…三十一歳

一月、ジェノワで初めてガッティとペッピーノに会う。九月、ミラノのコルシア・デイ・セルヴィ書店の企画に参加するため、同地に居を移す。十月頃ボンピアーニ社から谷崎潤一郎「春琴抄」「蘆刈」の翻訳の依頼を受ける。

一九六一年――昭和36年…三十二歳

十一月十五日、ジュゼッペ（通称ペッピーノ）・リッカ氏と結婚。

一九六二年――昭和37年…三十三歳

二月から四月初めにかけて、夫ペッピーノ氏とともに帰国。大阪で披露宴を行い、京都、奈良、また別府、福岡など九州へ新婚旅行に行く。

一九六三年――昭和38年…三十四歳

九月、『Due Amori Crudeli』（夫と共訳、谷崎潤一郎「春琴抄」「蘆刈」）をボンピアーニ社より刊行。

一九六四年――昭和39年…三十五歳

四月、『La Montagna Hira』（訳、井上靖「比良のシャクナゲ」「猟銃」「闘牛」）をボンピアーニ社より刊行。

一九六五年――昭和40年…三十六歳

『Diario d'un Vecchio Pazzo』（訳、谷崎潤一郎「瘋癲老人日記」）をボンピアーニ社より刊行。

一九六六年——昭和41年…三十七歳

十月、『Nuvole di Sera』（訳、庄野潤三「夕べの雲」）をフェッロ社より刊行。

一九六七年——昭和42年…三十八歳

六月、夫、ペッピーノ氏四十一歳で肋膜炎により死去。

一九六九年——昭和44年…四十歳

六月、『Il Suono della Montagna』（訳、川端康成「山の音」）をボンピアーニ社より刊行。

一九七〇年——昭和45年…四十一歳

三月、父、豊治郎死去。十月「ナタリア・ギンズブルグ——人と作品についての試論」を日本イタリア学会誌に発表。五月『Vita Segreta del Signore di Bushu』（訳、谷崎潤一郎「武州公秘話」「猫と庄造と二人のをんな」「盲目物語」）をボンピアーニ社より刊行。

一九七一年——昭和46年…四十二歳

八月、帰国。九月、慶應義塾大学国際センターに事務嘱託として勤務。これとほぼ同時にNHK国際局イタリア語班にも嘱託として勤務。

九月『La Donna di Sabbia』（訳、安部公房「砂の女」）をロンガネージ社より刊行。

一九七二年——昭和47年…四十三歳

四月、慶應義塾大学外国語学校講師（イタリア語）に就任。（〜八四）このころから本格的にエマウス活動にかかわり、ミニコミ誌「Boro Boro」の発行責任者となる。

一九七三年——昭和48年…四十四歳

四月、上智大学国際部比較文化学科非常勤講師および国際部大学院現代日本文学科兼任講師となる。八月、練馬区関町に「エマウスの家」を設立し、その責任者となる。

一九七八年――昭和53年…四十九歳

春、イタリア共和国カヴァリエーレ功労勲章を受章。

一九八一年――昭和56年…五十二歳

十月、「ウンガレッティの詩法の研究」で慶應義塾大学文学博士号取得。

一九八二年――昭和57年…五十三歳

四月、上智大学外国語学部助教授となる（日本文学・世界文学）。聖心女子大学非常勤講師となる（イタリア文学）。『Libro d'ombra』（訳、谷崎潤一郎「陰翳礼讃」）ボンピアーニ社より刊行。ブルーノ・ムナーリ『木をかこう』（絵本、訳）を至光社より刊行。

一九八三年――昭和58年…五十四歳

四月、東京大学文学部イタリア文学科非常勤講師（現代イタリア詩）。

一九八四年――昭和59年…五十五歳

三月から七月末までナポリに在住し、ナポリ東洋大学日本文学科講師（日本文学）を務める。ブルーノ・ムナーリ『太陽をかこう』（絵本、訳）を至光社より刊行。

一九八五年――昭和60年…五十六歳

十二月、ナタリア・ギンズブルグ『ある家族の会話』（訳）白水社より刊行、『La Bellezza e la Tristezza』（訳、川端康成「美しさと哀しみと」）をエイナウディ社より刊行。

一九八七年――昭和62年…五十八歳

十一月、弟、新死去。
一九八八年――昭和63年…五十九歳
九月、ナタリア・ギンズブルグ『マンゾーニ家の人々』（訳）を白水社より刊行。
一九八九年――平成元年…六十歳
四月、上智大学比較文化学部教授となる。五月『マンゾーニ家の人々』の翻訳でイタリア文化会館ピーコ・デッラ・ミランドラ賞を受賞。
一九九〇年――平成2年…六十一歳
十二月、『ミラノ 霧の風景』を白水社より刊行。
一九九一年――平成3年…六十二歳
一月、ナタリア・ギンズブルグ『モンテ・フェルモの丘の家』（訳）を筑摩書房より、同月、アントニオ・タブッキ『インド夜想曲』（訳）を白水社より刊行。九月、タブッキ『遠い水平線』（訳）を白水社より刊行。十月、『ミラノ 霧の風景』で女流文学賞、講談社エッセイ賞を受賞。
一九九二年――平成4年…六十三歳
四月、『コルシア書店の仲間たち』を文藝春秋より刊行。毎日新聞書評委員となる。
一九九三年――平成5年…六十四歳
十月、『ヴェネツィアの宿』を文藝春秋より刊行。
一九九四年――平成6年…六十五歳
四月、上智大学特別待遇教授となる。

一九九五年――平成7年…六十六歳

八月、アントニオ・タブッキ『逆さまゲーム』（訳）を白水社より刊行。九月、『トリエステの坂道』をみすず書房より刊行。六月、アントニオ・タブッキ『島とクジラと女をめぐる断片』（訳）を青土社より刊行。

一九九六年――平成8年…六十七歳

四月、朝日新聞書評委員になる。十月、『ユルスナールの靴』を河出書房新社より刊行。十一月、アントニオ・タブッキ『供述によるとペレイラは……』（訳）を白水社より刊行。

一九九七年――平成9年…六十八歳

一月、国立国際医療センターに入院。六月に退院するが、九月に再入院。十一月、イタロ・カルヴィーノ『なぜ古典を読むのか』（訳）をみすず書房より刊行。

一九九八年――平成10年…六十九歳

三月二十日、心不全により逝去。

四月、『遠い朝の本たち』を筑摩書房、六月、『時のかけらたち』を青土社、八月、『ウンベルト・サバ詩集』（訳）をみすず書房、九月、『本に読まれて』を中央公論社、『イタリアの詩人たち』を青土社よりそれぞれ刊行。

二〇〇〇年――平成12年

三月～十一月『須賀敦子全集』（全八巻）を河出書房新社より刊行。

【所収一覧】

プロローグ……………………………『ユルスナールの靴』　河出書房新社　一九九六年十月

I

芦屋のころ……………『須賀敦子全集第二巻』　河出書房新社　二〇〇〇年五月
旅のむこう……………『ヴェネツィアの宿』　文藝春秋　一九九三年十月
となり町の山車のように……………『須賀敦子全集第三巻』　二〇〇〇年六月
街……………『コルシア書店の仲間たち』　文藝春秋　一九九二年四月
日記／一九七一年四月十日・土曜日……………『須賀敦子全集第七巻』　二〇〇〇年十月

II

きらめく海のトリエステ……………『ミラノ　霧の風景』　白水社　一九九〇年十二月
思い出せなかった話……………『須賀敦子全集第三巻』
Z――。……………『須賀敦子全集第一巻』　二〇〇〇年三月
チェザレの家……………『時のかけらたち』　青土社　一九九八年六月
ある日、会って……………『須賀敦子全集第一巻』

Ⅲ

塩一トンの読書……………『須賀敦子全集第三巻』
本のそとの「物語」……………『遠い朝の本たち』 筑摩書房 一九九八年四月
父ゆずり……………『遠い朝の本たち』
松山さんの歩幅……………『百年の棲家』 松山巖 ちくま学芸文庫 解説 一九九五年二月
翠さんの本……『ヴェネツィア暮し』 矢島翠 平凡社ライブラリー 解説 一九九四年八月

※『須賀敦子全集』を底本としました。

解説

導きの糸

池内《いけうち》 紀《おさむ》

阪急沿線の夙川《しゅくがわ》、打出《うちで》の翠ヶ丘《みどりおか》。あるいは、「岡本という、私たちの家のあったところから電車で停留所二つ目のところに、母の姉が住んでいて……」

夙川は西宮市、翠ヶ丘は芦屋市《あしや》、岡本は神戸市東灘区《ひがしなだ》にあたり、行政的にはべつべつだが、地形的には、ほぼ東西に隣合っている。

谷崎潤一郎の関西を舞台にした小説によく出てくる。私自身、近い町の生まれであって、二十代から三十代のはじめにかけて神戸に住んでいた。地名を聞いただけで家並みから住人の表情まで、まざまざと浮かんでくる。

ひとことでいえば、阪神間の山手である。文字どおり六甲山系の山手にあたる高台に位置している。大阪商人は財を築くと、この辺りに屋敷をかまえた。あるいは別邸をもった。帯状にのびた阪神地区にあって、同じく細い帯状をつくり、

「恵まれた資産家」といわれる人々の小世界があった。

須賀敦子が育ち、幼い夢をはぐくんだところである。やがてそこから出ていった。おりおりもどってきたが、そのたびにまた鳥のように飛び立った。

「大きな土蔵のある、庭のひろい家だった。家のまえがテニスコートで、春になると、そのまわりがタンポポで黄色くなった」

家族のことにも触れている。父が長男だったせいもあって、若い叔父や叔母が同居していた。叔母が二人に叔父が三人、そして祖母、両親、子供の自分たち。若い叔父たちは、いずれ当主にしかるべき会社のしかるべき地位をあてがわれて独立したのだろう。そのはずである。若い叔母たちは行儀見習いを終えると、しかるべき配偶者のもとに嫁いだ。当主は花嫁道具に加えて、ときには新居を用意した。そんな場合は神戸の岡本あたりが好まれた。

この家の息子や娘たちの将来もほぼ決っていた。息子は地元で〝坊っちゃん大学〟とよばれるところを出て、父の会社に入る。あるいは数年、かかわりのある銀行に勤めたのち、若手の専務として父の会社に迎えられる。娘は宝塚に熱をあげる思春期を経て、ミッションスクールへ進学。その留守中に母や叔母のあいだでしきりに、婿となるべき人の人選が進められている——。

くり返しいえば、須賀敦子が育ち、そして幼い夢をはぐくんだところである。夢とともに幻滅が芽ぶいたところでもあった。ここにはさまざまの人が出入りし、世間と無縁ではなかったが、しかし、民衆とよばれる人々とは縁が薄かった。浜手にひしめいている民衆地区からは隔離されていた。たまに少女が民衆を見たとしても、電車の行き帰りとか、遠出をしたときの雑踏のなかだった。わが家に近づくにつれて、それは急速に淘汰《とうた》された。

章のタイトルはそっけなく、ただ「街」とある。すぐにわかるがミラノである。須賀敦子が、まさに須賀敦子となったところだ。いたって微妙な書き方がしてある。

「……私のミラノは、狭く、やや長く、臆病《おくびょう》に広がっていった」

みずから選びとった心の故里《ふるさと》であって、ここに住みつき、ここで夫となるべき人を見つけた。「パイの一切れみたいなこの小さな空間」とも述べている。友人たちも大半がこの区画に住んでいた。「パイ」の外に出ると空気まで薄いような気がして、いつもそそくさともどってきた。

目覚めた生命が、ごく素直に生きようとする。ことさら語られてはいないが、異郷に根づいた若い女の日常が沁《し》みるように伝わってくる。懸命に生きながら、彼女は冷静にこの街を見ていた。そしてふつう、人がミラノで決して見ないものを語っていく。有名な大聖堂と、ほぼ同じ時期につくられた運河のこと。

「ミラノ人にとって、城壁よりも大切なこの運河は、いわゆる城壁のずっと内側に、半径が狭いところで五〇〇メートルほどの不規則な円を描いて掘られた」

幅は二〇メートルに足りないが、アルプスから流れてくるティチーノ川とつながり、ながらく交易の道であり、また交通手段であったこと。ついてはある老婦人からの聞き書きを添えている。冬には運河から立ち昇る霧でガス灯の光が澱《よど》んで見えた。朝霧のなかから不意に川舟があらわれたりした――。須賀敦子がくり返し語った霧のミラノの原風景というものだ。

運河を計りの目盛りにして、その「環」の内側と外側では世界が微妙にちがっていた。大聖堂の右と左とでもそうだった。

「左手は日常的、庶民的で、右手は断じて貴族的なのだ」

「断じて」などと、ちょっとリキんで言わせたのは何だろう？　選びとった故里と二重写しになって、あの阪神間の帯状をした細長い地区がひそんでいないか？　また、レッキとした左側の住人、そのつましい日常のある日、大聖堂右側の代表のような住人から昼食に招かれた。ひき合わされた女性たちの「シックで野蛮なテーブル・マナー」に目を丸くした。それを愉《たの》しげに眺めている男たち。「ヨーロッパの社会の厚み、といったものを私はひしひしと感じた」

谷崎的世界が、いっきょに芝居の書き割りさながら零落した。タイトルをただ「街」とだけにした理由がわかる。記号にひきもどって、さりげなく、記憶に消えのこっている遠い映像をかさね合わせた。

芦屋にはじまり、母方の故里の豊後《ぶんご》竹田《たけた》、フランス、イタリアの町々……。見たこと、体験したことがしるされている。そんなふうに見える。だが、実をいうと、そんなふうに見えるだけだ。

いったい、須賀敦子は誰に話しかけて書いたのだろう？「きらめく海のトリエステ」は、この小さなアンソロジーのなかのもっとも力のこもった一つだが、そこでは亡き夫に話しかけたかのようだ。北イタリアの農村で育った夫は、少年のころ、アドリア海沿岸の島で過ごした。その島のことを何度も話してくれた。夫はまたアドリア海の女王さながらの国境の町トリエステにも住んだことがあり、トリエステは夫の愛した詩人サバの故里でもある。いずれ連れて行ってくれるはずだったのに、夢を果たせないままに終わってしまった。サバに語りかけたようでもある。海港の町に生まれ、一生のほとんどをそこで過ごした詩人。イタリアに留学してまだ日も浅いころ、ただ題にひかれて詩集を一冊買った。やがて結婚した相手が無類のサバ好きだと知った。ひそかな導きの糸となった詩人である。

記憶がさらに遠く結ばれていく。そもそもトリエステという町の名をはじめて聞いたのは、父の口からではなかったか。父は戦前、オリエント・エキスプレスで旅をし、しばしばその話をしていた。

語りかけたのは亡き夫でも、詩人サバでも、遠い記憶の父でもないだろう。わが身との二人語り――いや、それでもない。須賀敦子のユニークなところだ。そのエッセイは、通常のカテゴリーにも収まらない。というのは、ここには語り手の視野のなかに厳しい神がいるからだ。彼女はいつも目に見えない何かに語りかけ、耳を澄ましてその「神託」を聴いていた。そののちにようやくペンをとった。

須賀敦子のエッセイは、ひそかな神託に対する贄《みつ》ぎものの意味をおびていた。だからこそ詩的想像力をまじえても、こよなく純粋な客観的視野を失わない。どんなに人間くさい領域に及んでも、その透明度は無類である。風や雲、光のぐあいを描写しても、須賀敦子の場合、風や雲や光だけにとどまらない。自然の風物を超える運命的なものがある。風や雲や光が特有の影をおびて迫ってくる。そしていのちの比喩《ひゆ》にも、死の囁《ささや》きにもなる。

人は誰も孤独だが、なかんずく女は孤独である。男はことあるごとに「社会」などをあてにして自分をごまかすが、女はそんなあやふやなものにはすがらないからだ。須賀敦子は愛する街を見つけ、愛する夫を見つけ、愛する詩人を見つけ、みずからも多くの人に愛されたが、つねに孤独を引き受け、一人で生き、見えない人に向けてペンをとった。私には彼女は、未来のあるべき女を先どりしていたような気がしてならない。

（ドイツ文学者）

本書は二〇〇二年六月に「ランティエ叢書」として刊行されました。

「ランティエ叢書」の表記について

1…旧仮名づかいは現代仮名づかいに、旧字は新字に改めました。

2…送り仮名はなるべく原文を尊重しました。

3…できるだけ読みやすくするため、漢字には適宜に振り仮名をつけました。

4…今日、差別的とされる語句や表現については、作品の発表された時代・歴史背景を考慮し、そのままとしました。

Haruki Bunko
ハルキ文庫

す 5-1

こころの旅《たび》

著者
須《す》賀《が》敦《あつ》子《こ》

2018年6月18日第一刷発行

発行者
角川春樹

発行所
株式会社角川春樹事務所
〒102-0074 東京都千代田区九段南2-1-30 イタリア文化会館

電話
03(3263)5247(編集)
03(3263)5881(営業)

印刷・製本
中央精版印刷株式会社

フォーマット・デザイン 芦澤泰偉
表紙イラストレーション 門坂 流

ISBN978-4-7584-4179-7 C0195 ©2018 Koichi Kitamura Printed in Japan
http://www.kadokawaharuki.co.jp/[営業]
fanmail@kadokawaharuki.co.jp[編集] ご意見・ご感想をお寄せください。